河出文庫
古典新訳コレクション

百人一首

小池昌代 訳

河出書房新社

目次

49 みかきもり衛士のたく火の夜は燃え昼は消えつつ物をこそ思へ　大中臣能宣朝臣　120

50 君がため惜しからざりし命さへ長くもがなと思ひけるかな　藤原義孝　122

51 かくとだにえやはいぶきのさしも草さしも知らじな燃ゆる思ひを　藤原実方朝臣　125

52 明けぬれば暮るるものとは知りながらなほ恨めしき朝ぼらけかな　藤原道信朝臣　127

53 嘆きつつひとり寝る夜の明くる間はいかに久しきものとかは知る　右大将道綱母　129

54 忘れじの行末まではかたければ今日を限りの命ともがな　儀同三司母　131

55 滝の音は絶えて久しくなりぬれど名こそ流れてなほ聞こえけれ　大納言公任　134

56 あらざらむこの世のほかの思ひ出にいまひとたびの逢ふこともがな　和泉式部　136

57 めぐり逢ひて見しやそれともわかぬ間に雲隠れにし夜半の月かな　紫式部　138

58 有馬山猪名の笹原風吹けばいでそよ人を忘れやはする　大弐三位　140

59 やすらはで寝なましものを小夜更けてかたぶくまでの月を見しかな　赤染衛門　143

60 大江山いく野の道の遠ければまだふみもみず天の橋立　小式部内侍　145

61 いにしへの奈良の都の八重桜けふ九重ににほひぬるかな　伊勢大輔　147

75 契りおきしさせもが露を命にてあはれ今年の秋もいぬめり　藤原基俊　178

76 わたの原漕ぎ出でて見ればひさかたの雲居にまがふ沖つ白波　法性寺入道前関白太政大臣　180

77 瀬を早み岩にせかるる滝川のわれても末に逢はむとぞ思ふ　崇徳院　182

78 淡路島かよふ千鳥の鳴く声に幾夜寝覚めぬ須磨の関守　源兼昌　184

79 秋風にたなびく雲の絶え間よりもれ出づる月の影のさやけさ　左京大夫顕輔　186

80 長からむ心も知らず黒髪の乱れて今朝は物をこそ思へ　待賢門院堀河　188

81 ほととぎす鳴きつる方をながむればただ有明の月ぞ残れる　後徳大寺左大臣　190

82 思ひわびさても命はあるものを憂きに堪へぬは涙なりけり　道因法師　192

83 世の中よ道こそなけれ思ひ入る山の奥にも鹿ぞ鳴くなる　皇太后宮大夫俊成　194

84 長らへばまたこのごろやしのばれむ憂しと見し世ぞ今は恋しき　藤原清輔朝臣　196

85 よもすがら物思ふころは明けやらぬ閨のひまさへつれなかりけり　俊恵法師　198

86 嘆けとて月やは物を思はするかこち顔なるわが涙かな　西行法師　200

87 村雨の露もまだひぬ槙の葉に霧たちのぼる秋の夕暮　寂蓮法師　203

百人一首

1

秋の田のかりほの庵《いほ》のとまをあらみわがころもでは露にぬれつつ

天智天皇《てんぢてんわう》
出典『後撰集《ごせんしゅう》』秋

秋の田の　かたすみにある　仮小屋で
わたしは　夜通し番をする
屋根を葺《ふ》いてある苫《とま》が　粗く編んであるものだから
夜露が　隙間から　滴《した》り落ちてきて
わたしの袖を　濡《ぬ》らし続けるのだ

仮小屋の屋根は、菅《すげ》や茅《かや》で編んだ苫葺き。目が粗いのは、収穫期にあわせて、とりあえず作った仮の庵《いおり》だからか。それとも時間がたって、だんだんと編み目がゆるくなったからなのか。粗末な作りなので、隙間から夜露が漏れ落ちてきては、小屋に泊り番をしている「わたし」の袖を濡らすという。引力に従って滴り落ちた、露のうごきに寄り添うように、初句と二句では、「の」の音が重なり、滴《しずく》のように連なって、一首全体をすとんと下へ落としていく。

原歌として、「秋田苅《か》る仮廬《かりほ》を作りわが居《を》れば衣手《ころもで》寒く露そ置きにける」（『万葉集』）があり、作者は未詳。おそらく口伝えで細部が洗練され、やがては天皇の歌とされたのだろう。

実際、農民の立場からすれば、収穫期の田んぼを仮小屋から見守るのは楽ではなかったろうし、日々の労働によって衣服が濡れるのも、いちいち詩情を感じる余裕はなかったと思われる。あくまでも天皇が農民の労苦を慮《おもんぱか》った歌だとされていて、実体験を詠んだものとは考えられていない。

それでも、ここに書き留められた、小さな詩情は心に残る。同じ濡れるのも、涙で濡れるのと水をかけられて濡れるのと、夜露が滴り落ちてきて濡れるのとでは情緒に違いがある。本来、袖が濡れるのは小さな災難であるわけだが、そのようなかたちを通して、自然と「我」が通じ合ったことに、この歌はよろこびを見出しているようだ。実際、歌を読んだあとに残るのは、直接的な労働の辛《つら》さよりも、滴り落ちた「露」の詩的重量や、ほのかに濡れている袖の感触だ。

天智天皇《てんじてんのう》（六二六年〜六七一年）は、第三十八代の天皇。即位前は中大兄皇子《なかのおおえのみこ》。中臣鎌足《なかとみのかまたり》とともに大化の改新を行った。父は舒明《じょめい》天皇。母は皇極《こうぎょく》（斉明《さいめい》）天皇。弟・大海人皇子《おおあまのみこ》は後の天武《てんむ》天皇であり、その皇后となったのが持統《じとう》天皇。ちなみに持統天皇は天智天皇の皇女。

2

春過《す》ぎて夏来《き》にけらし白妙《しろたへ》の衣ほすてふ天《あま》の香具山《かぐやま》

持統天皇《ぢとうてんわう》

出典『新古今集』夏

なんてことかしら
春は　いつのまにか過ぎ
もう夏ですって
ごらんなさいよ
香具山に干してある　白い衣

夏が来れば真っ白な衣を干すという
尊い香具山のいい伝えのとおりね

大和《やまと》三山の一つ、香具山は、天から降りてきたという謂《いわ》れもある神聖な山。夏が来た証《あかし》に白い衣を干すといういい伝えがあったらしい。白い衣とは何だったのか。巫女《みこ》の装束《しょうぞく》、あるいは卯《う》の花の比喩（香具山は、卯の花が多く咲く場所だった）など、諸説がある。本来、季節に明確な区切り目などなく、日々は微妙に移ろっていくものだ。しかし、白い衣＝夏の到来という「共通認識」あるいは「約束事」が、季節に透明な仕切りを入れ、そこに人々は「詩」を確認したのだろう。空は青く、緑濃き山、風吹けば、旗のように翻《ひるがえ》る白い衣。純粋な視覚一つが、風景を切り開き、そこから詩情が大胆に汲《く》み出されている。言葉一つひとつが絵の具のようだ。遥かな遠景が描かれている。そして最後、脳髄に残るのは、白、青、緑の抽象画。読むだけで、視力がぐんと良くなるような気がする。

原歌は『万葉集』にある、「春過ぎて夏来《きた》るらし白栲《しろたへ》の衣乾《ほ》したり天《あま》の香具山」。こちらは「衣乾したり」と、現前の風景を直線的に歌っている。

持統天皇（六四五年〜七〇二年）は、天智天皇（一番の作者）の第二皇女。後に天武天皇の皇后となり、天武天皇が崩御したあと即位、第四十一代の天皇となり、藤原京に遷都《せんと》した。

3 あしびきの山鳥《やまどり》の尾《を》のしだり尾のながながし夜《よ》をひとりかも寝《ね》む

柿本人麿《かきのもとのひとまろ》

出典『拾遺集《しゅうい》』恋

夜になると　山鳥は
谷を隔てて
雄雌　別々に眠るという
あのだらりとしだれた尾っぽのような
ながい　ながいこの夜を
独り　眠るのか
このわたしも

恋する人と離れ、独り寝する長い夜のわびしさをうたったもの。言葉のほとんどは、「長い」ということを言うために費やされている。「の」の重なりも、先へ先へとひっぱられていく感じに効果をあげていて、引き伸ばされた棒のような時間が、歌の芯に感じられる。「あしびきの」は山や峰にかかる枕詞《まくらことば》。万葉のころまで、「びき」と濁ず、あしひきという清音だったようだ。いずれにしても枕詞は謎だらけでわかっていないことのほうが多い。

山鳥とは、日本の固有種でいわゆるキジのこと。写真で見ると、目のまわりが真紅に彩られた美しい鳥だ。歌に詠まれた長い尾を持つのは雄である。昼間はいっしょにいても、夜になると、雄と雌とが、谷を隔てて別々に眠るという習性があるとされた。会いたくとも会えない物理的な距離は、恋の炎を燃え立たせる要素。思いをこがしながら目をとじる。すると目の奥に、えぐられたような深山の谷が見えてこないだろうか。その闇の深さが孤独の深さ。孤独を知る人こそが恋する人だ。歌の背景にある様々な要素を丁寧にひろっていくと、一首のなかに奥行きが生まれ、深い時空間が広がっていく。地味な内容だが、声に出して詠むとき、音韻の流れによろこびが広がる。

柿本人麿の生没年は未詳。それほど身分の高くない宮廷歌人として活躍したようだが、生涯の詳細は謎である。格調の高い名歌を残したが、そのうちのどれが本当に人麿の作かもわかっていない。本作もまた、本来はよみ人知らずの歌であったが、平安期以降、人麿の作といわれるようになった。後に山部赤人《やまべのあかひと》とともに、「歌聖《かせい》」と尊敬された。三十六歌仙《かせん》の一人でもある。

4

田子《たご》の浦にうち出《い》でて見れば白妙《しろたへ》の富士の高嶺《たかね》に雪は降りつつ

山部赤人《やまべのあかひと》

出典 『新古今集』 冬

田子の浦に立ち　さて
眺めてみれば
はるかに　白い富士の高峰
今もきりなく降り続けている
雪、雪、雪、

駿河国《するがのくに》（静岡県）田子の浦の浜辺から見た富士山の姿。優美な音韻も味わいたい。「うち出でて見れば」の「うち」は、動詞につく接頭語だが、眼《め》をくっとあげ、雪を抱く富士山を見上げた、そのときの心象が、この音を通してくっきりと伝わってくる。末尾の「つつ」は反復や継続を表す言葉。終わりのない感じに、これもぴったりくる。一首のなかで、雪は降り止《や》むことがないのである。

原歌は、「田児《たご》の浦ゆうち出《い》でて見れば真白《ましろ》にそ不尽《ふじ》の高嶺《たかね》に雪は降りける」（『万葉集』）。比べてみると、いろいろな違いがある。たとえば原歌にある、「真白にそ」という単純で力強い言いきりは、「白妙」という枕詞に変化している。これは衣などにつく枕詞で、富士の雪にも純白の衣というイメージを加えている。また、原歌が、「雪は降りける」と、今、目の前の風景を詠んでいるのに対し、「雪は降りつつ」と、見えるはずのない遠方の山に、降り続く雪を幻視している。つまり原歌では、一首が上から下まで、一直線に詠まれているのに対し、表出の一首には、富士の全景から焦点が絞られていき、嶺《みね》に降る雪が映し出されるというふうに、映画的な視線がはたらいている。微妙な変化を、比べ読むのも面白い。

山部赤人の生没年は未詳。柿本人麿と並び称される宮廷歌人。三十六歌仙の一人であり、この歌のように、自然の情景を詠むことに秀でていた。

5

奥山に紅葉《もみぢ》踏《ふ》み分《わ》け鳴く鹿の声《こゑ》聞く時《とき》ぞ秋は悲《かな》しき

猿丸大夫《さるまるたいふ》

出典　『古今集』秋

奥山にすむ　一匹の鹿
降り積もった紅葉を踏み分けながら
——と鳴く
ああ　あの声
あの声のゆくところ
秋の悲哀はもっとも極まって

かさこそと音たてて踏み分けながら、一匹の鹿が、山の奥から現れる。その脚を、ふと止めると、そこで――と鳴き声をあげた。言葉にならないその鳴き声を、想像してみてほしい。木々のあいだを声がわたっていく。ひと気のない静かな山中。透明な山の気を、一気に切り裂く哀切な声だ。

古来、鹿といえば雄鹿で、秋になると、さかりがついた雄鹿が雌鹿を求めてさまよった。踏み分けているのを「人」と取る説もあるが、人と鹿とを同じ風景のなかに立たせると、やや詩情が薄まるような気がする。『百人一首』の多くの歌は、作者を持ちながら、その存在感が透明である。この歌でも、「わたし」はどこかにいるものの、鹿の声を聴く「耳」として機能し、風景のなかに溶け込んでいる。かそけき足音をたて、哀《かな》しい声をあげるのは鹿にまかせ、人は静かに目となり耳となり、歌のなかに隠れるとしよう。鹿も一匹、「わたし」も一人、孤独と哀切が重なりあい、鹿とわたしが一つになる。鳴いているのは、鹿でありわたしである。その声を聴くときにこそ、秋の悲哀はもっとも極まる。「声聞く時ぞ」の「ぞ」は強調を表す係助詞だ。

『古今集』には「これさだのみこの家の歌合のうた　よみ人しらず」とあるが、後に人の手によってまとめられた『猿丸大夫集《さるまるたいふ》』のなかに、この歌がみえる。それを踏まえて、猿丸詠とされたようだが詳細は不明。『猿丸大夫集』自体、よみ人知らずの古歌を集めたものとされている。

猿丸大夫の生没年は未詳。三十六歌仙の一人とされているが、実在したかどうかもはっきりしない。全国各地に伝説が伝わる謎の歌人。

6　かささぎの渡せる橋《はし》に置《お》く霜《しも》の白きを見れば夜《よ》ぞ更《ふ》けにける

中納言家持《ちゅうなごんやかもち》

出典『新古今集』冬

七夕の夜
かささぎは
恋人たちを渡らせるため
自らの翼で天上の河へ橋をかけるという
天上ならぬ宮中の階《きざはし》には
翼に見紛《みまが》う　白い霜が降りている
夜も更けた

かささぎは、胸と翼の一部が白く、他の部分は、カラスのように黒い鳥。それが翼を広げ、天の川にかかる橋となるという。その橋を渡り、年に一度の逢瀬《おうせ》を重ねるのは、彦星と織姫。中国の七夕伝説が踏まえられている。ただ、この七夕伝説は秋の話。宮中の階に降りた白い霜から、かささぎの渡す橋を連想したのだろう。現実と幻想とが二重写しになって表現されているのではないかと思う。霜はあくまでも現実の霜でありながら、同時に天の星雲であり、かささぎの広げる翼である。末尾にある、「夜が更けてしまったなあ」という感慨は、一見、平凡なようだが、闇空の幻想を見あげていた視線を現実の足元へ落としたような、覚醒の気配がある。霜の「白さ」を見て、時間の経過に気づいた、とすれば、この「白」を、天上の夢想から現実へと引き戻された際の、意識の「白」と読んだら行き過ぎだろうか。更けゆく夜のなかで、霜の白さがどのように目に映るのか。おそらく昼間、鮮やかに見えていた色ほど、沈み見えなくなってしまう。冬の闇のなかで、もっとも明るい色は(霜の)白だといっていい。

夢想と現実、伝説の「秋」と和歌に詠まれた「冬」、闇の黒と霜の白など、この一首には対立的なイメージが散乱する。

中納言家持、大伴《おおとも》家持(七一八年頃〜七八五年)は、大伴旅人《たびと》の子。叔母であり姑《しゅうとめ》が大伴坂上郎女《さかのうえのいらつめ》。『万葉集』に多くの歌が収録されており、『万葉集』編纂《へんさん》にかかわったのではないかとされている。三十六歌仙の一人。

7

天《あま》の原《はら》ふりさけ見れば春日《かすが》なる三笠《みかさ》の山に出《い》でし月かも

安倍仲麿《あべのなかまろ》

出典『古今集』羇旅《きりよ》

仰ぎ見た夜空に
月が出ている
宴のさなか
海のむこうのふるさとをおもう
ああ　あれは
春日、三笠の山にも
かかった月か

安倍仲麿（七〇一年〜七七〇年）は、数奇な人生をおくった人で、この歌も、その生涯を抜きにしては味わえない。遣唐留学生として若くして唐に渡り、五十余年の月日を彼《か》の地で過ごした。玄宗《げんそう》皇帝に仕え、詩人の李白《りはく》や王維《おうい》とも交流があった。在唐三十五年が過ぎたころ、やってきた遣唐使船に便乗し、帰国を果たそうとする。その際、明州の海辺で送別会が催され、月を見て詠んだとされているのがこの歌だ。出典の『古今集』には、短い詞書《ことばがき》と左注（歌のあとに書かれた編者のことば）がついていて、そこにこうした事情の一切が書かれている。結局、そのときの船は暴風雨で難破、仲麿死亡の噂《うわさ》が出て、李白などは彼を悼む詩まで残したが、仲麿は、安南（ベトナム）に漂着し、奇跡的にも助かっていたのだった。彼の帰国はならず、再び唐の地へ戻り、客死した。

「天の原」とは、天の広い場所。原は、海原などにも使われているように、広い空間を示す。「ふりさけ見る」とは「振り放け見る」。はるかに遠く仰ぎ見ること。また、春日なるの「なる」は、地名につくとき存在や場所を示す。春日にあるという三笠の山は、春日山と通称で呼ばれる山の一つをなす。春日山は、神奈備山《かんなびやま》（神の鎮座する山）として神が宿るとされたため、遣唐使の無事を山のふもとで祈ったとされる。

日本を出たとき、仲麿は十代の半ばで若く、使命感に燃えていたかもしれないが、今、人生のほとんどを過ごした土地を、いよいよ離れようとしている。そこにはまだ、よろこびとか悲しみなどと名づけられない、複雑な思いが渦巻いていたはずだ。そういうときこそ、詩歌の出番。月に気持ちをたくし、地名をつぶやく。それだけでいい。それ以上は何も言えない。まずは作者の心をなぐさめるものとして、この一首が創られたのだと思う。結局、彼は日本に帰れなかったわけで、歌が詠まれたときには、自分の過酷な運命を知らなかった。三笠の山と白い月。素朴で大柄な自然の風物が、するどい哀傷をやわらかく包んでいる。

8

わが庵《いほ》は都のたつみしかぞ住む世《よ》をうぢ山《やま》と人はいふなり

喜撰法師《きせんほふし》

出典『古今集』雑

我が庵は

みやこの東南
こんなものさ
のんきなものさ
いいじゃないか
なのに世間の人々ときたら
世を憂《う》しの宇治山《うじやま》
だなんて言う
はあ　勝手なことを

和歌には掛詞《かけことば》という技法がある。一つの意味に固めないで、あえてイメージを揺らし、掛詞のあいだを往復しながら楽しみたい。従来より、様々な解釈があり、たとえば、「しかぞ住む」を、「然ぞ住む」とすれば、「こんなあんなで、平和に暮らしている」というような意味になるし、「鹿ぞ住む」ととれば、「鹿も住むような田舎」というニュアンスが入ってくる。「憂し」と「宇治」とも掛詞で、「世を憂し」と「宇治山」と二つの意味がぶれる。

言葉遊びによる凝った読み方もあり、本来、辰巳《たつみ》の方角というのは、「東南」を指すが、十二支で、辰巳の次は本来、午《うま》。そこをあえてこの歌では、午ではなく「鹿」を出したのだという。作者がどこまで狙ったのかはわからない。

面白いのは「世をうぢ山と人はいふなり」の達観した言い方。人は勝手にいろいろ言うが、わたしはわたしだと呟《つぶや》く声が聞こえてくる。

喜撰法師《きせんほうし》の生没年は未詳。六歌仙の一人だというのに、作品はほとんど残っておらず、『古今集』にもこの一首のみという。詳細は伝わっていない。それでもその名は、意外なところで現代の日本に生きている。宇治山は現在、「喜撰山」と呼ばれているし、宇治茶の上等なものは「上喜撰」という。みな、喜撰法師の名前から出た。ひょうひょうとしたこの歌が愛された証拠だろうか。

9

花の色は移《うつ》りにけりないたづらにわが身世《みよ》にふるながめせし間《ま》に

小野小町《をののこまち》

出典『古今集』春

花の色は
うつろいゆくもの
そのすばやさ
そのむなしさ
夜に降る長雨に　いつのまにか色はあせ
わたしも世を経て　歳《とし》を重ねた
物思いばかりを重ねているうちに

　言葉が桜の花びらとなって様々な意味を散らせ、降り落ちてくる。こんなあでやかな歌を残した小野小町《おののこまち》の詳細は、種々の伝説が残っている割りには、よくわかっていない。美女だったと伝わるが、年老いて落ちぶれ、孤独な死をむかえたとする不幸な晩年説は、能や歌舞伎などの題材にも採られている。死体が朽ちていく様を、九段階に分けて描いた仏教絵画、いわゆる「九相図」には小野小町がモデルとして伝わるものもある。実にリアルでグロテスクな絵画だが、いや、真に不気味で病んでいるのは、不老不死を求める現代のほうだろう。

　さて、この歌では、春の長雨に打たれ、色あせ、散っていく桜の花が描かれている。

うつるは、色褪《いろあ》せるという意味。「よにふる」と「ながめ」の部分は、「夜に降る長雨」と「世に経る眺め」（世の中を生き続け、物思いにひたる）とが掛けられている。長雨に色褪せ散る桜の花を見ながら、恋にあけくれた若いころを述懐し、時の流れを嘆いている。花の衰えに自分自身が重ねられていると読めるが、花の移ろい＝女の容色の衰えと考えるのはあまりに直線的で単純にも思われる。まずは、目前の自然、雨に打たれる花への新鮮な驚きがあり、花が色褪せ無に帰っていくという、当たり前の営みに、季節のめぐりの無常を感じ、自分もまた、そのリズムのなかで生きる一人の女であることに感慨を深めたのだろう。

小町は、盛りの花の美しさばかりでなく、終わりつつある花、終わった花のなかにも情感を刺激する「美」があることを知っていたのではないか。濡れた地面にぺたりとはりついている、みじめな花びらにも美があることを。つまり詩は、花そのものにではなく、「うつりゆく」現象そのもののなかにある。嘆きながらもこの歌に、華やぎがあるのは、すべてうつりゆく万象への愛惜の念があったからだと思う。

言葉が柔らかく流れながら、歌には容易にはなびかぬ腰つきの強さを感じる。韻律の力である。詩歌の身体が、次第に小町の身体のように感じられてくる。掛詞、縁語、倒置法などが駆使され、技巧尽くしの歌であるが、逆にそのことで多義性が増し、技巧を超えた豊かさを得ている。
小野小町の生没年は未詳。六歌仙、三十六歌仙の一人。

10
これやこの行《ゆ》くも帰《かへ》るも別《わか》れては知るも知らぬも逢坂《あふさか》の関《せき》

蟬丸《せみまる》

出典『後撰集』雑

ここがあの
逢坂《おうさか》の関ですよ
行く人
帰る人
ひっきりなしに
知った人も
知らない人も

ここを境に　まざりあう
めぐりあっては　またゆきすぎる
逢《あ》うは別れの
逢坂の関ですよ

逢坂の関とは、京都と滋賀の境にあったという関所である。歌そのものには、あっけらかんとした明るさがあるが、数々の蟬丸伝説を重ねて読むことで、複雑なひだの陰影が現れる。『今昔物語集』に登場する蟬丸は、逢坂の関に庵を構えて暮らす、盲目の琵琶《びわ》弾きである。管絃《かんげん》の道に優れていたという敦実《あつざね》親王の雑色《ぞうしき》（雑務をこなした位の低い事務職のようなもの）を務め、親王の演奏する琵琶を耳にするうちに、自らも優れた琵琶の弾き手になったという。「蟬丸」という能もある。醍醐《だいご》天皇の第四皇子という設定だが、目が見えなかったために父から捨てられ出家させられた。博雅三位《はくがのさんみ》こと源博雅《みなもとのひろまさ》の世話で逢坂山の庵に住むが、そこへ蟬丸の姉、「逆髪《さかがみ》」がやってきて、姉と弟は互いの身の不幸をなぐさめあう。

こうした伝説を踏まえて歌を読むと、この一首に、目よりも耳がそばだってくる。まるで人の歩行のように言葉がとんとんと、調子よく進む。「行く」と「帰る」、「別れ」と「逢う」、「知る」と「知らぬ」など、対立概念がポンポンと読み込まれ、小さな一首のなかに、いつのまにか人生のすべてが圧縮されて入っているという印象を受ける。一方向の行きっぱなしでなく、「行き交う」感じが言葉に感じられるのも、言葉の繰り返し、折り返しによって、行っては戻る揺り戻しの「波動」が生まれているからである。

人の行き交う関所には、いったい、どんな音がたっていたのだろうか。足音にしても、今とはまた違うはずだ。『後撰集』の詞書には、「逢坂の関に庵室をつくりてすみ侍りけるにゆきかふ人を見て」とあるが、蟬丸が伝説のとおりに盲目であったとしたら、ただ音のみを通して、関所を行く人々を想像し、じっと耳を傾けていたことになる。にぎやかな音の裏側に、蟬丸の心象風景を重ねると、一首はまた、違う顔つきで現れてくる。

蟬丸の生没年は未詳。様々な伝説に彩られた伝説の人物。

11　わたの原八十島《はらやそしま》かけて漕《こ》ぎ出《い》でぬと人には告《つ》げよ海人《あま》の釣舟《つりぶね》

参議篁《さんぎたかむら》
出典『古今集』羇旅

おおい
波間をゆく　釣り舟よ
伝えてくれるか
あのひとに
大海原
あまたの島をめざし
遠流《おんる》の島へ
いま　漕きだしていった男がいると

「わた」は、海の古称で、「原」というのは、広くて平らかな場所の意味だから、大海原を想像すればいい。八十島＝多くの島々を目指して、漕いでいってしまったとあるが、いったい誰がどんな理由で？『古今集』の詞書によれば、小野篁《おののたかむら》が隠岐《おき》国に流人《るにん》として流される際、いよいよ船に乗って出発だというときに、京にいるひとに与えた歌ということになっている。流人というが、どんな罪を犯したのか。彼は、遣唐副使《ふくし》として、唐へ渡ろうとしていた。当時航海は当然のことながら多くの危険にさらされ、無事に渡り終えるのは珍しいことだったらしい。篁も二度失敗。三たび挑戦しようとしたところ、大使・藤原常嗣《ふじわらのつねつぐ》の船が故障してしまい、篁の船と交換させられるなど、船をめぐって争いになった。篁は病気を装い、乗船を拒否したばかりか、その後、遣唐使を風刺した詩を作ったりもしたものだから、嵯峨《さが》上皇の逆鱗《げきりん》に触れ、八三八年、隠岐へ島流しとなったという。隠岐は、流刑地のなかでももっとも遠い遠流の島とされる。篁の性質も、直情型で反骨の人だったらしく、「野狂《やきょう》」と呼ばれたという話も残る。

三句目（腰句）の「漕ぎ出でぬと」が字余りだが、ちょうどまんなかの箇所がだぼつくことで、重心がかかり、全体として、安定感のあるどっしりとしたリズム感をきざんでいるとわたしは感じた。いかにも大海原の波にたゆたう舟。しかも安定した舟である。

ただ、その内心を慮れば、これから流刑地へと流されていくのであるから、どれほど不安だったことかと思う。「人には告げよ」というその人というのは、都で待つ妻なのか。呼びかけるその相手は、「釣舟の海人」でなく「海人の釣舟」。人でなく舟に向かって言い募っているので、詩に鋭さが出、作者の孤独も尖って見える。心を託す相手が人であれば、歌は実際的で具体的になる。しかし、大海原をゆく舟に託されたことで、歌の器は一気に大きくなり、魂が入ったという感じがする。怒濤《どとう》の荒波をくぐりぬけていく舟の姿が、ありありと目に見えるようだ。読むほうもその舟に何かを託したくなる。遠流の刑は、二年で許され、彼は無事、帰京したという。

参議篁、小野篁（八〇二年～八五二年）は、漢詩文や書にも優れた多才の人。参議岑守《みねもり》の子。中国風の呼び方（唐名）で野宰相《やさいしよう》とか野相公《やしようこう》とも呼ばれた（野は小野の略）。小野篁神社が滋賀県大津市にあるが、樋口一葉《ひぐちいちよう》の『たけくらべ』にも、小野篁を祀《まつ》った小野照崎《おのてるさき》神社が「小野照さま」の名前で登場する。東京都台東区に現存する神社である。

12　天《あま》つ風《かぜ》雲の通《かよ》ひ路《ぢ》吹きとぢよをとめの姿《すがた》しばしとどめむ

僧正遍昭《そうじやうへんぜう》

出典　『古今集』雑

天空の風よ　吹き渡れ
天と地との通い路を
吹き閉じてくれ
舞姫たちが
あまりにも美しいのでね
天上へと帰ってしまう前に
どうにかして
この地上に　とどめておきたいんだ

「天つ風」の「つ」は格助詞で、「の」に置き換えて読むことができる。「雲の通ひ路」は、天上と地上をむすぶ雲のなかの路地で、乙女たちはそこを通って、天と地とを行き来する。

詞書には、「五節の舞姫を見て詠める」とある。五節の舞とは、宮中の儀式、豊明《とよのあかり》節会《のせちえ》という宴で美しい娘たちが舞うもの。僧正遍昭《そうじょうへんじょう》は心躍らせて眺めたのだろう。もう少し見たいもう少しと、名残惜しい感情を、彼女らを天女にみたてることで歌にしたのかもしれない。

音韻面でも開放的な明るさがあるが、二句、三句目に、濁音が入る。かよひぢの「ぢ」、ふきとぢよの「ぢ」。偶然かもしれないこうした重なりも、この歌が愛唱される遠因を作っているのでは。口ずさむ悦《よろこ》びがあるのである。

『古今集』の仮名序（紀貫之《きのつらゆき》による序文。六歌仙などに言及がある歌論）には、僧正遍昭について、「歌のさまは得たれども、誠すくなし。例へば、絵にかける女を見て、いたづらに心を動かすがごとし」という批判が書かれている。歌として形は整っているが、魂が入っていない。絵に描かれた女を見て、わけもなく心を動かすような感じだ、というのである。わかる部分もある。確かにこの一首は大きく心を動かされる類の歌ではない。作者の願いを掬《すく》いあげているだけで、底は浅いともいえる。だがこの、屈託のない明るさは、『百人一首』全体を眺め渡すとき、やはりあってうれしい大事な要素ではないだろうか。一首のなかを風が吹き渡る。天女の薄衣《うすぎぬ》が見えてくるようだ。ただただ綺麗《きれい》な、気持ちのよい歌で、かるた遊びでは大人気の札だろう。

僧正遍昭（八一六年〜八九〇年）は、俗名・良岑宗貞《よしみねのむねさだ》。桓武《かんむ》天皇の孫にあたり、素《そ》性法師《せいほうし》（二十一番の作者）の父。仁明《にんみょう》天皇に仕え、天皇急逝後に出家。六歌仙、三十六歌仙の一人。

13

筑波嶺《つくばね》の峰《みね》より落つるみなの川《がは》恋《こひ》ぞつもりて淵《ふち》となりぬる

陽成院《やうぜいゐん》

出典『後撰集』恋

筑波の山の
山肌をすべりおちた水も
やがては
みなの川の
逸《はや》る流れとなる
そのように　わたしの恋も
深みを増し
底が見えないほどの　淵となりました

恋を川の水かさにたとえたこの歌は、後に陽成院《ようぜいいん》の后《きさき》の一人となった、綏子内親王《すいしないしんのう》へ捧《ささ》げられた。綏子内親王は、陽成天皇が廃位した後に即位した光孝《こうこう》天皇（十五番の作者）の皇女。光孝天皇の次に即位した宇多《うだ》天皇の妹にあたる。

さて、恋の始まりはまさに、山の上流を流れる清らかな流れ。あのひとに会いたいという逸る気持ちは、かろやかな音をたてて流れる川そのものだろう。流れている限りにおいては、川にも恋にも濁りは生じない。しかしその思いも、時の経過とともに重くなり、次第に流れの澱《よど》んだ「淵」となる。この「淵」とは、底が見えないほどの水の溜《た》まりのこと。流れが澱み、底が深くなっているところを指す。ちなみに「淵」の対語（反対語）が「瀬」。浅瀬などのように使われ、流れが浅く、歩いて渡れるようところを指す。転じて、何かの「機会」をいうこともあり、現代では、「逢瀬」のように使うことがある。「淵」となった恋は、もはや清く美しいだけではすまされない。嫉妬や誤解、疑惑や迷いなど、できれば避けて通りたかった自分自身のネガティブな感情にも直面することになる。恋の熟爛期《じゆくらんき》には、懊悩《おうのう》も始まる。

筑波嶺とは茨城県の筑波《つくば》山《さん》のこと。男体山《なんたいさん》と女体山《によたいさん》からなる山で、『万葉集』にも歌われ、嬥歌《かがい》（男女が歌を交わしながらカップルになる歌垣に同じ）が行われた場所として有名。そして、山間を流れているのが男女川《みなのがわ》である。恋の歌としては、申し分のない舞台が揃《そろ》っている。

陽成院（八六八年〜九四九年）は、第五十七代天皇。清和《せいわ》天皇の皇子。母は藤原高子《たかいこ》。人を殺した嫌疑もあるほどの狂暴なその性質が災いし、十七歳のとき、伯父（母の兄）である藤原基経《もとつね》によって皇位を退かされた。精神的な病いに冒されていたともいうが、真相はわからない。基経と高子の権力闘争が背景にあって、陽成院に悪しざまな評価が下されたとする説もある。

14

陸奥《みちのく》のしのぶもぢずり誰《たれ》ゆゑに乱れそめにしわれならなくに

河原左大臣《かはらのさだいじん》

出典『古今集』恋

みちのくの　信夫《しのぶ》もじずり
岩肌に
布あて　草汁をこすりつけて

染めるという
あの　荒々しく乱れた文様のように
わたしのこころも　忍び乱れる
誰のせいでもない　あんたのせいだ

「もぢずり」というのは染色方法の一つ。ごつごつとした岩に布をあてがい、そこへ忍草などの草の汁などをすりつけ、布を染める。産地である、福島県南部に存在した信夫郡の「信夫」からきているとも、忍草のしのぶからきているともいわれる。当然、忍ぶ恋も連想される。自然の染料を利用した素朴な方法だが、岩肌を利用するだけに布がよじれて、予想のできない乱れた模様ができる。それが恋ごころの乱れ具合そのものだというのである。乱れ「初め」は「染め」をも連想させ、ものの色が布にのり移るというところには、恋情が相手に移るというイメージも重なる。岩肌というごつごつとした特殊な感触が恋歌に野趣を添える。「われならなくに」の意味がとりにくいが、「……なくに」で、「……ではないのに」ということになる。「誰のせいかって？　こうして乱れ始めてしまったのは、わたしのせいではないのに」。つまり「あなたのせいなのに」と言外に示している。なお、『古今集』では四句目が「乱れんと思ふ」となっている。
河原左大臣《かわらのさだいじん》、源融《とおる》（八二二年〜八九五年）は、嵯峨天皇の皇子。陸奥《みちのく》を愛した人であったらしく、陸奥にあった塩竈《しおがま》の浦の景色をまねて庭をつくり、鴨川《かもがわ》の近くに「河《かわ》原院《らのいん》」と呼ばれた豪邸を造営したところから、河原左大臣と呼ばれた。『源氏物語』の光源氏《ひかるげんじ》のモデルではないかという説もある。

15

君がため春《はる》の野《の》に出《い》でて若菜《わかな》つむわが衣手《ころもで》に雪は降《ふ》りつつ

光孝天皇《くわうこうてんわう》

出典『古今集』春

野におりたち
あなたに　さしあげるため
春の若菜を摘んだのです
空からは雪

わたしの袖に
しきりとふりかかる

現代でも、正月あけ、七日になると、七草粥《ななくさがゆ》を食したりする。芽吹きのエネルギーのつまった春の七草は、古来、無病息災を願う食材だった。

「仁和《にんな》の帝、親王《みこ》におましましける時に、人に若菜たまひける御歌」という詞書がついている。作者・光孝天皇は、在位時代の元号から、仁和の帝と呼ばれていた。人に若菜をさしあげる際に同時にこの歌を渡したという。天皇が実際に、草を摘み取ったのかどうかはわからないが、若菜とともに歌を受け取った人は、若菜という物《ぶつ》とともに、春の雪の降り積もる片袖のイメージをもらいうける。そういう犠牲が払われたのであるから、この若菜はもう単なる若菜ではない。

身体から袖を独立させ、そこに雪を降らせた手腕もすばらしいが、『百人一首』冒頭の、天智天皇の御歌でも、衣手は夜露に濡れている。労働の証として、袖とか裾は、濡れる運命にあるのである。袖の上に降りつもる春の雪の、柔らかな重みを想像したくなる。繊細で清明な歌である。人のいい歌いぶりに、品格が感じられる。

光孝《こうこう》天皇（八三〇年～八八七年）は、第五十八代の天皇で、二つ前の歌の作者、陽成天皇が退位した後、藤原基経に推され即位した。

16

立《た》ち別《わか》れいなばの山の峰《みね》に生《お》ふるまつとし聞かば今帰《かへ》り来《こ》む

中納言行平《ちゅうなごんゆきひら》

出典『古今集』離別

さあ　いま　別れのとき
わたしは旅立つよ
だが忘れないでくれ
いなばの山の　峰に生える
とこしえの松のように
あなたが　わたしを待つ　と言うなら
いつだって
すぐにだって

ここへ帰ってくる　ああ　そうだとも

中納言行平が因幡守《いなばのかみ》に任ぜられ、その赴任地に赴く際、催された送別会で詠んだというのが通説だ。掛詞が使われている。一つは、「いなば」で、因幡国（鳥取県）の「因幡の山」（現在の稲葉山《いなばやま》）と「往《い》なば」（去ったならば、の意味）が掛けられている。もう一つは「まつ」で、「松」と「待つ」。藤原俊成《としなり／しゅんぜい》は『古来風躰抄《こらいふうていしょう》』のなかで、こうした二つもの掛詞を、「鎖ゆきたれど、姿をかしきなり」と批評した。鎖とは掛詞のこと。やり過ぎだが歌としての面白みはある、というわけである。「今帰り来む」の今は、「すぐに」の意味だが、これは建前で、すぐに帰ってこられるはずもない。また、京に残される人々が、「帰ってきてくれ」とは、何かよほどのことがない限りは言わないだろう。それが前提になっての、宣言である。因幡の山の松を読み込むことで、赴任先の風土へ挨拶し、別れていく京の都の人々には、そうしていささか演技がかった別れの挨拶を送った。一首のなかで、別種の挨拶を同時に行ったわけである。掛詞という技術なしには成し得ないことだ。

松は常緑樹。とこしえに緑の葉をつけ、樹木としての姿にも頼もしさがあって、ものさびしい印象はない。新地へ赴く不安はあるが、歌には不動のどっしり感がある。

中納言行平、在原《ありわらの》行平（八一八年〜八九三年）は、平城《へいぜい》天皇の皇子阿保《あぼ》親王の子。在原業平《なりひら》（十七番の作者）の異母兄。八二六年、兄弟ともに在原姓を賜与《しよ》され臣籍降下（皇族が身分を離れて姓を与えられ臣下の籍へ降りること）。

17　ちはやぶる神代《かみよ》も聞《き》かず龍田川《たつたがは》からくれなゐに水くくるとは

在原業平朝臣《ありはらのなりひらあそん》

出典『古今集』秋

聞いたこと　ないぞ
ちはやぶる　神々の時代にだって
この龍田川《たつたがわ》の川の水が
真っ赤な紅葉で
唐の紅色に
括《く》り染めされる

なんてことは

龍田川は紅葉の名所。『古今集』詞書には、清和天皇の皇后（藤原高子）が「皇太子妃」と呼ばれていたころ、お祝いの屏風《びょうぶ》に、龍田川の川面に紅葉が散り流れている絵が描かれているのを見て、それを題詠として詠んだとある。藤原高子と業平は、かつて恋愛関係にあったとされている。業平を思わせる主人公が登場する『伊勢物語』にも、二人と思われる悲恋が描かれている。ちなみに藤原高子は、『百人一首』十三番の作者、陽成院の母親。

歌い出しの「ちはやぶる」は、神などにかかる枕詞。「神代も聞かず」というのは、『古事記』などに伝えられる摩訶《まか》不思議なことの多かった神々の時代にも耳にしたことがないという意。「からくれなゐ」は唐の紅で、外国から渡来した、とても美しい濃い紅色のこと。一番の難事は、「水くくる」という言葉だが、「龍田川が川の水を唐紅に括り染めにした」とするのが通説で、括り染めとはいわゆる絞り染めのこと。糸でくくったところには染料が入らないので、そこが白いままに残され面白い文様ができあがる。

もう一つの解釈に定家《ていか》説があり、彼はこの言葉を「水潜る」と解釈した。「紅葉の落ち葉の下を、水がくぐる」。川の水の動きが感じられ、生き生きとした、魅力的な解釈だ。

水を括り染めにしたのだという比喩（表現）は、着想が大胆な分、表現のほうに目を奪われ、実際の紅葉の美しさは、どうでもいいといったら言い過ぎだが、奥のほうへ隠されてしまった印象が残る。現代人のわたしたちが読むと、括り染めともみじの散らばり方には、だいぶ距離があり、簡単には感動できない。やや、あざとさを感じてしまう限界はあるものの、ここでは屛風歌にふさわしく、豪奢《ごうしゃ》な比喩を作って、絢爛《けんらん》な風景を詠み上げた一首と読んでみた。

在原業平朝臣《あそん》（八二五年〜八八〇年）は、六歌仙、三十六歌仙の一人でもある稀代《きたい》の歌人。色好みの美男の代名詞にもなっている。平城天皇の皇子・阿保親王の第五子。高貴な生まれながら、兄とともに在原姓を賜り臣籍降下した。

18

住《すみ》の江《え》の岸に寄《よ》る波よるさへや夢の通《かよ》ひ路《ぢ》人目《ひとめ》よくらむ

藤原敏行朝臣《ふぢはらのとしゆきあそん》

出典『古今集』恋

すみの江の岸に　波が寄る
一目逢いたいと　夢の通い路をゆく
わたしはあなたへと　急いでいる
夜なのだから
夢なのだから
もう誰に　見られることもない
なのになぜ
人の目を避けようとしているのか
このわたしは

「住の江」とは、現・大阪市住吉区の住吉大社付近にあった入り江。「よるさへや」は、夜であってさえも、の意味。上二句は、この「よる」を導き出すための序詞《じょことば》となっている。「夢の通ひ路」は、夢で逢うための通い道。「人目よくらむ」の「よく」がわかりにくいが、「避《よ》く」（避ける）である。

さて、その人目を避けようとしているのが、相手なのか、自分なのかというところで、解釈が分かれてきた。一般的なのが、「相手」を主語にした解釈で、夢のなかでさえ、あなたは人の目を避けて会いにきてくれないという意味になり、男が女に成り代わって詠んだことになる。

だがここではあえて、「わたし」を主語として現代詩に訳してみた。夢のなかでくらい、自由に心を解き放てばよいものを、人の目を避けることが習いになっていて、夢のなかでさえ、人の目を避けている。そういう自分を不思議にも哀れにも思っているわたし、と読んだ。

作者には、「秋来ぬと目にはさやかに見えねども風の音にぞおどろかれぬる」（『古今集』）というよく知られた歌がある。秋の気配はどこにもなかったのに、風の音を聴いて、秋を感じた。風の音に驚いたとあるが、秋が風のなかに、やってきていることに驚いたのであり、要はそれに気づいた自分に驚いている。詩の発生の源には、このように透明で無垢《むく》な「自己」が在る。この歌でも、夢のなかでさえ、人目を避けている自分に驚いているととり、そこに詩の発生を考えてみた。

言葉の並びに不思議な波動がある。たとえば、二句目、三句目にあたる「岸に寄る波　よるさへや」。行っては引き返す波のリズムが感じられる。変わらぬリズムで打ち寄せる波。昼であろうが夜であろうが、人の目を避けようとする「わたし」の忍ぶ恋。こんなこと、習慣にしたくはなかったのに、忍ぶことが骨の髄まで染み込んでしまった。なんというあわれな我が身。「夢の通ひ路」という言葉は美しい。思いびとに逢うために、夢のなかへと入っていく。現実から夢へと抜けるその路は、どんな時代でも人の世に通っている。古《いにしえ》の人々にとっても、夢はもう一つの現実であり、「生の在処《ありか》」ではなかったか。

藤原敏行朝臣（生年未詳〜九〇一年／九〇七年とも）は、東北地方の行政を監督する陸奥出羽按察使《むつでわあぜち》、藤原富士麿《ふじまろ》の子。母は紀名虎《きのなとら》の女《むすめ》。三十六歌仙の一人。蔵人頭《くろうどのとう》（天皇の秘書官長）・右兵衛督《うひょうえのかみ》（天皇家の護衛長官）などを務め、書にも優れた。

19

難波潟《なにはがた》短《みじか》き蘆《あし》のふしの間《ま》も逢《あ》はでこのよを過《す》ぐしてよとや

伊勢《いせ》

出典 『新古今集』 恋

難波潟《なにわがた》に　おいしげる蘆の
節と節との短い間《ま》
あのような
束の間の時さえ
あなたはわたしにお与えにならず
この世を終えろとおっしゃるのですか

「難波潟」は、現・大阪湾のあたりを指す。蘆の生い茂る名所であったらしい。蘆という植物自体は、二メートル以上にもなるイネ科の多年草で、水辺などに繁殖するが、茎には節があり、節と節との間隔が、つかの間の短さにたとえられた。「ふしの間」のことを、節《よ》ともいった。これは当然「世」に重なる。「逢はで」の「で」は、「ず」(打ち消しの助動詞)の機能を持った接続助詞。「過ぐしてよとや」を分解すれば、過ぐし+てよ(完了の助動詞「つ」の命令形。……てしまえ)+とや(言うを補って読む)=過ごせとおっしゃるのか、まあなんということでしょう、という意味になる。

恋の嘆きと恨みの歌だが、内側にこもった暗さはない。ともすれば凝り固まってしまいそうな恨みを、言葉自体がほぐすように、一首は流麗に仕上がっている。とりわけ最後の、「過ぐしてよとや」には、哀しみを訴える、高らかな声の調子がある。宙に吹き上がった哀しみを抱きとめてくれる相手もおらず、それゆえ、悲痛な声の残響は、いつまでも消え去ることがない。余韻の深い歌である。

伊勢（八七五年頃〜九三八年頃）は、伊勢守《いせのかみ》藤原継蔭《つぐかげ》の女。父親の官職名によって伊勢と呼ばれた。恋愛経験豊かな『古今集』時代の代表的歌人。最初、宇多天皇の中宮（妻）であった温子《おんし》に仕え、温子の弟、藤原仲平《なかひら》から求婚されるも、やがて仲平との恋が破局、一度は宮廷を辞すが、再び温子から乞われて宮中へ。やがて宇多天皇の寵愛《ちょうあい》を得、皇子を生む。ところが宇多天皇が譲位後、この皇子が幼くして死去、中宮温子も亡くなる。その後、宇多天皇の第四子・敦慶《あつよし》親王と結ばれ、中務《なかつかさ》を生んだ。中務は歌人としても名が残り、母親同様、三十六歌仙の一人に数えられている。

20

わびぬれば今はた同《おな》じ難波《なには》なるみをつくしても逢《あ》はむとぞ思ふ

元良親王《もとよししんわう》

出典　『後撰集』　恋

思い悩み　いきづまってしまったからには
同じこと
わたしの思いは　ひとつなのですから
難波潟にある澪標《みおつくし》をご存じでしょう
あのように
この身を尽くし
逢いたい
ただ　逢いたい
あなたに

『後撰集』の詞書を知ると、俄然、迫力を帯びてくる一首である。「こと出《い》できて後に京極御息所《きやうごくのみやすんどころ》に遣《つか》はしける」とある。「こと出できて」とは、内密だった事柄が露見してということ。時の天皇、宇多天皇には幾人か妃《きさき》がいたが、そのうちの一人が京極《きょうごく》御息所（藤原褒子《ほうし》）。その妃との秘められた恋が露見し、うわさにのぼったのである。「わびぬれば」の「侘《わ》ぶ」とは、思い煩《わずら》う、せつなく思う、思い悩む、などの意味。

「今はた同じ」では、何が同じなのかと議論を呼んできたようだ。難波の「な」に「名」をかけて、一度あがってしまった浮名は同じだとか、澪標と同じで「身を尽くす」だけなのだとか。「わびぬれば　今はた同じ」で一度切り、二句切れの歌と考えてみればどうだろう。思い悩んだが同じこと、つまり、悩んでも悩まなくとも同じことだと、とってみた。ともかく、「今はた同じ」には、やや自暴自棄的な、開きなおりのニュアンスが感じられる。「難波なる」の難波は、難波潟にある、という意味で、「みをつくし」を引き出す。その「みをつくし」とは舟の水路を示す杭《くい》の「澪標」で、「身を尽くす」と掛詞になっている。

「なにがなんでもあなたに逢うぞ」という決心を詠んでいるわけだが、「逢はむ」でなく、「逢はむとぞ思ふ」。韻律上、必要だったということはあるが、「とぞ思ふ」というのが、余分なしっぽにも見えてちょっと気になる。自分の気持ちなのだから、わざわざ「わたしは……と思う」と書かなくてもいいのに。しかしこう書くことで、この決心が、客観的なものになり、気持ちの四隅が整えられて、「私」から「公」のものとして公開されたというニュアンスが出てくる。

元良親王《もとよししんのう》（八九〇年〜九四三年）は、陽成天皇の第一皇子だが、陽成天皇廃位後に生まれ、即位はできなかった。色好みの美男子で、元日に述べた祝賀のその声が、立派でよく通ったらしいと『徒然草《つれづれぐさ》』にある。

21 今来《こ》むといひしばかりに長月《ながつき》の有明《ありあけ》の月を待《ま》ち出《い》でつるかな

素性法師《そせいほふし》

出典『古今集』恋

すぐに逢いにいく
そう　あなたが言ったばかりに
待っていたのですよ
なのに　待って　出会えたのは
九月の空の
有明の月
あなたではなく

この時代は、男性が女性のもとへ通ってくるのが一般的だった。「今来む」は「すぐ来よう」＝「すぐ行こう」。そう発言したのは男と考えられ、その人を待っているうち、九月の、夜明け方に残る月を見ることになってしまった。結局、来てくれなかったんですねという、嘆きと恨みを、女に成り代わって詠んだものである。

有明の月は、月の後半（十六日以降、とりわけ二十日過ぎ）、夜明け方の空に残っている月。しらじらと明けてくる空に残る月は、漆黒の闇に輝く月とは、だいぶ違う。どこか場違いの疲労感がある。何をしたわけでもないのに、今でも、わたしたちは、待ちくたびれたという。待つということは、それほどまでに消耗の激しい、精神的な行為なのだ。すりへった、侘しいこころは、有明の月の虚《むな》しさによく似合う。

一首のなかで、「あなたを待つ」という言葉は使われていない。月を待ち受けたと言っている。「あなた」が結局来なかったので、こうして、明け方の月を仰ぎ見ている今、自分はまるで月を待っていたかのように月と出会っている、というわけである。月と目をあわせている図は、なんだかとてもユーモラスだ。女（作者）の視線は、男ではなく、とりあえず月に向かっている。そこに余裕がある。男の作った恋歌だからかもしれない。こんな歌を送られたとしたら、ああ、悪かったな、行かずにごめんと素直に謝ることができるかもしれない。

素性法師の生没年は未詳。僧正遍昭（十二番の作者）の子。三十六歌仙の一人である。

22

吹くからに秋の草木《くさき》のしをるればむべ山風《やまかぜ》をあらしといふらむ

文屋康秀《ふんやのやすひで》

出典『古今集』秋

吹いたら　たちまち
しゅわしゅわとしおれる
秋の草木
なるほどねっ
だから　山の風
だから　すなわち
嵐ってこと

『古今集』の詞書に、「是貞親王《これさだのみこ》の家の歌合の歌」とある。

「吹くからに」の「からに」は接続助詞で、……するとすぐに、という意味をつくる。「しをるれば」は、萎《しお》るの活用形に助詞がついた形。「萎れるので、色褪せるので」という意味。「むべ」は「うべ」ともいい、なるほど、いかにも、もっともなことに、という意味の副詞である。「嵐」と「荒し」が掛詞。

吹いたらすぐに秋の草木が萎れる。そんなふうに山から荒々しく吹き降ろす風を、嵐というのだなあということで、下二句はいわば、漢字ゲーム。山と風とがあわされば、嵐になるということをいっている。

ただ、この歌には意味よりもすぐれて、なにしろ語感の快感がある。「吹くからに秋の草木の」には、か行の音が折り重なるように入っている。「しをるれば」には、ら行の音がころころと転がり、「むべ」という副詞が合いの手のように即妙に入る。「む」と「べ」、どちらもくちびるがあわさるので、不思議な快感を唇に運ぶ。

幾度か読むうちに、この単純な歌のなかに、風の音がおこり、嵐が一陣、通り過ぎるのを聴く。言葉の葉音がおこした風だ。あとには何も残っていない。寂とした気配が漂っている。

文屋康秀の生没年は未詳。文屋朝康《あさやす》（三十七番の作者）の父。縫殿助文屋宗于《むねゆき》の子。縫殿助《ぬいどののすけ》とは、官位の名称で宮中の衣服製造などに携わった。刑部中判事《ぎょうぶちゅうはんじ》、三河掾《みかわのじょう》（「掾」とは国司の判官に相当）、山城大掾《やましろのだいじょう》、縫殿助などを歴任する。六歌仙の一人。

23

月見れば千々《ちぢ》に物こそ悲《かな》しけれわが身ひとつの秋にはあらねど

大江《おおえのち》千里《さと》

出典『古今集』秋

お月さんを見ると
物哀しい思いが
さまざま　わいてくるんだ
秋がきた
きたといっても
おれだけに　やってきたわけじゃない

わかってはいるが
おれだけになぜか　さびしさが煮詰まって

『古今集』の詞書には、二十二番の歌と同じく、「是貞親王の家の歌合によめる」とある。

「ちぢ」は「千々」と書く。「ぢ」は、このように濁音になることもあるが、もとは、「ち」。物を数えるとき、数詞に添える接尾語。はたち、みそぢ（じ）、などがよい例である。「千ほど」という意味から、さまざま、際限なく、たくさん、といった意味を作る。

「千」と対になるのは、「わが身ひとつの」の一である。自分だけの秋ではないという、この部分、少々、理屈をこねているようにも見えるが、現代人にも面白い発想だ。白楽天《はくらくてん》の詩句の一部、「燕子楼中霜月夜《えんしろうのなかそうげつのよる》／秋来只為一人長《あききたつてただひとりのためにながし》」を踏まえているといわれている。愛人の死後も嫁がずに、旦那の愛情を忘れないで燕子楼《えんしろう》に一人住んだ、愛妓の気持ちを詠ったもので、この詩では、秋がただ一人（残された愛人）のために長いとある。残された女の悲哀が扱われている唐詩だが、こちらの和歌では、男性の感慨として翻案されている。

本来は人間が主体となり、季節にさまざまな感慨を抱くわけだが、ここでは季節のほうを、主人公にたて、「わたし」を受け身にしている。つまり、わたしが秋を長く感じるのではなく、わたしに長い秋がやってきた、あるいは一個の秋がわたしに訪れた、というふうに。そういう「視点」こそを、作者は唐詩から学んだのではないかと思う。

大江千里の生没年は未詳。漢学者・大江音人《おとんど》の子。千里も漢詩に優れた儒者だった。

24

このたびは幣《ぬさ》も取りあへず手向山《たむけやま》紅葉《もみぢ》の錦《にしき》神《かみ》のまにまに

菅家《くわんけ》

出典『古今集』羇旅

この旅では
幣をたむけることができない
その必要も

ないようだよ
手向山の
すばらしい紅葉をごらん
ぬさ以上　じゃないか
あとはもう
神のみこころに
まかせれば　いい

『古今集』の詞書に、「朱雀院の奈良におはしましたりける時に、手向山にてよみける」とある。作者名は菅家《かんけ》とあるが、漢詩人・菅原道真《すがわらのみちざね》のこと。このとき、道真は朱《す》雀《ざく》院（宇多上皇）に随行した。

出だしの「このたび」は「この度」と「この旅」の掛詞。さて、幣とは何か。今でも貨幣などに使われている漢字だから、目にはしてきた。しかし「ぬさ」と読める人は少ないだろう。元は旅行の安全を祈って作られた神様への捧げ物で、木綿や絹、麻、錦、紙などの切れ端で作られた。神前に供える布は「幣帛《へいはく》」、贈り物や貢ぎ物は「幣《へい》物《もつ》」、通貨などを意味する場合は「貨幣・紙幣」というように使われる。

「取りあへず」という言葉も、「とりあえずビール」のとりあえずとして、現代では非常によく耳にするが、ここではその言葉の源に降りてみよう。まず「取る」とは、手に持って扱う、捧げるの意味だが、そこに「あふ」（敢《あ》ふ）と打ち消しの助動詞「ず」がついている。「敢ふ」とは動詞につくと、完全に……しきる、終わりまで……しおおせる、という意味になり、ここはその否定形なので、完全には幣を捧げきれないという意味になる。つまり、神様へ捧げる物としては、幣よりも、手向山の紅葉のほうがずっと鮮やかでふさわしいだろうという気持ちを表している。

「幣も取りあへず」をめぐっては、この他に、「急な旅だったので、ぬさの準備が間に合わなかった（仕切れなかった）」と解釈する説もある。この部分は韻律上、字余りとなり、言葉がだぼつく感じがあるが、それが逆に幣という言葉に重みをつけ、面白い効果を上げていると思う。

「紅葉の錦神のまにまに」という終わり方は、広がりがあって荘厳である。ただ美しいだけでない、畏れ多いほど美しい紅葉が、頭のなか、いっぱいに広がる。

菅家、菅原道真（八四五年〜九〇三年）は、従三位《じゅさんみ》参議文章博士《もんじょうはかせ》是善《これよし》の子。漢詩文、和歌も巧みだったが、宇多天皇に重用され、醍醐天皇のとき右大臣に任命される。その後、時の左大臣藤原時平《ときひら》による虚偽の告発により、大宰権帥《だざいのごんのそち》として九州へ左遷。そして信仰され、学問の神様として祀られている。の地で没した。その数年後、時平は早逝するが、道真の祟《たた》りと噂された。天満天神と

25

名にし負《お》はば逢坂山《あふさかやま》のさねかづら人に知《し》られでくるよしもがな

三条右大臣《さんでうのうだいじん》

出典『後撰集』恋

逢坂山の　さねかずらよ
逢う坂の山の　共（さ）寝　だなんて
そんな名前を持っているのならば
こっそり力を　かしてくれ
蔓《つる》を繰るように
来る（行く）ことはできないか
誰にも知られずに

「女につかはしける」（女に送った歌）という詞書がついている。人に知られてはまずい恋のようだ。しかしなんとか会いたい。その思いを、「逢坂山のさねかづら」に託している。実際はどうだったのかわからないが、歌にさねかずらが添えられていたら、素敵だろうと思う。写真などで見ると、赤い実のなる蔓性の植物で、その実はまさに恋の実と言ってみたくなるような可愛らしさだ。山に生える野草だから、その蔓は、案外、丈夫なものではなかったかと思う。人の心をたぐり寄せもするのだから、その蔓はイメージの上でも、か細いものではない。しなやかな強度を持っていそうだ。蔓を繰るように、想い人を繰る。この「繰る」には、当然、「来る」も掛けられている。だが、この歌の主人公を男性とすると、「来る」でなく「行く」ではないかという違和感が生じる。当時、女のもとへ通うのは男性だったのだから。諸説あり、女性の身に成り代わって詠んだとする解釈、あるいは「来る」と「行く」とはほとんど同じような意味で使われていて、この歌では、女性の立場に立ち、そこから見た視点で、「来る」と書いたのだろうとする解釈もある。英語にも、go を使わず、I will come. とする場合がある。日本語にそのままは移せないとしても、考え方としては似ている。

逢坂山と逢う、さねかずらとさ寝（共寝）、前述した「来る」と「繰る」など、掛詞が頻出する。だがそれほど、技巧だらけというふうにも意識しないで読むことができる。「さねかづら」という野趣ある植物が題材として採られているせいかもしれない。冒頭、「名にし負はば」の「し」は意味を強める副助詞だから、要は名に負ふ……という名前を持っている、の意。「し」がはさまることで字余りとなり、出だしからリズムがたつくが、これがいい。悠々堂々とした感じが出て、何かが始まるという期待感を誘う。

三条右大臣《さんじょうだいじん》とは藤原定方《さだかた》（八七三年〜九三二年）のこと。内大臣高藤《たかふじ》の子。京都の三条に邸宅があったことから、三条右大臣と呼ばれた。歌人たちのパトロン的な役割も果たしたようだ。中納言朝忠《あさただ》（四十四番の作者）は定方の子。中納言兼輔《かねすけ》（二十七番の作者）は従弟《いとこ》。

26

小倉山峰《をぐらやまみね》のもみぢ葉《ば》心あらば今《いま》ひとたびのみゆき待たなむ

貞信公《ていしんこう》

出典『拾遺集』雑秋

小倉山《おぐらやま》の
峰を染めあげるもみじ葉よ
おまえに　もし
人の心があるのなら
せめてもう一度の行幸《みゆき》まで
待っていてほしい
天皇に
見事な紅葉をお見せしたいのだ

『拾遺集』の詞書に、「亭子院《ていじゐん》大井川《おほいがは》に御幸ありて、行幸もありぬべき所なりと仰せたまふに、ことのよし奏せむと申して」とある。亭子院《ていじいん》（宇多上皇）が大井川《おおいがわ》に御幸《ごこう》なさったときに、美しい紅葉に感動し、子の醍醐天皇（宇多天皇に続き第六十代の天皇となった）も、ここへ行幸《ぎょうこう》なさるべきだとおっしゃり、作者・貞信公は、この次第を歌にして天皇に奏上したということだ。訓読みでは同じ「みゆき」でも、「御幸」と「行幸」とがあってまぎらわしい。「御幸」は法皇・上皇・女院に用い、「行幸」は天皇に用いるという。

小倉山は紅葉の名所。どんなに美しかったことだろうと想像する。ただこの歌は、詞書にもあるとおり、その美しさを直接に愛《め》でたものではない。小倉山の紅葉に向かって上皇がつぶやいたという言葉を、作者が仲介者となって、子の天皇に渡したという構図を持っている。言葉が向かっているところは小倉山の紅葉で、人の心などあるわけもないのに、あえて呼びかけ（擬人法）、しかも、子の行幸までしばし待ってくれなどと不可能を願っている。そうでも言わなければ、あの紅葉の極まった美しさは、とうてい言い表せないということなのだろう。この理不尽な申し出のなかに、紅葉の美しさが、すっと浮かび上がる。

「みねのもみぢ」や「みゆきまたなむ」には、ま行の音が転がっていて、音韻的にも楽しい歌だ。

貞信公、藤原忠平《ただひら》（八八〇年〜九四九年）は、関白太政大臣基経の子。貞信公は諡《し》

号《ごう》（おくりな）。貴人の死後に贈られる名前である。菅原道真を九州へ左遷させた時平の異母弟だが、忠平は道真と交流があったといわれる。時平没後、長く政権を握り、藤原氏全盛の礎を作った。

27

みかの原《はら》わきて流るるいづみ川《がは》いつ見《み》きとてか恋《こひ》しかるらむ

中納言兼輔《ちゅうなごんかねすけ》

出典　『新古今集』　恋

みかの原を分け
湧いて流れる泉川《いずみがわ》
いつ見たというのか
覚えがないのだ
覚えがないのに
なぜ

あのひとが　こんなにも恋しいのか

「みかの原」は、京都（山城国《やましろのくに》）相楽郡《そうらくぐん》にある地名、〝瓶原《みかのはら》〟。「泉川《がわ》」は現在の木津《きづ》川。「わきて流るる」の「わく」には、「分く」と「湧く」とが掛けられている。「分く」のほうには、二人の間に距離があり、現在、別れた状態にあることが想像される し、「湧く」のほうには、恋心が、湧いてあふれているというイメージが重なる。複雑な状況が掛詞によって、一気に効率よく表現されている。

面白いのは、「いつ見きとてか」。いつ見たというのだろうという意味だが、音韻的にも、実に印象的な部分で、枝を次々に折るような木製の音が聞こえてくる。

それにしても、見たのかどうか、自分でもよくわからないという心理は面白い。相手が魅力的な女人で、逢う前から、さまざまな噂を聞いていて、逢わなくても恋をしてしまったのか。あるいは、どこかですれ違うくらいはしていたはずなのに、どうしても、そのひとの容貌が思い出せないということなのか。いずれにしろ、恋の始まりがとらえられた歌だろう。

逢わずとも恋ができるのかという疑問が生まれるが、できると思う。そのときの、恋の対象は、実体のない「匂い」のようなもの。そのひとの存在から醸しだされる雰囲気のようなものだ。そこに恋する人の「妄想」が加わり、恋心が湧き上がってしまった。そんな自分を、もう一人の自分がとまどうように見ている。「恋しかるらむ」とあるが、「らむ」は推量の助動詞で、現在の状態から原因を推し量るようなときに使う。恋しいという状態が、どうしておきているのかわからないのだ。恋は、このように理由もなく始まる。自然発生的な感情の誕生に、水の流れが黙って寄り添ってくれる。古の人々は、感情と自然とが、このように一体化した世界に生きていた。

中納言兼輔、藤原兼輔（八七七年～九三三年）は、紫式部《むらさきしきぶ》（五十七番の作者）の曽祖父にあたる。当時歌壇の中心的人物だった。三条右大臣（藤原定方・二十五番の作者）は従兄《いとこ》。三十六歌仙の一人。

28

山里《やまざと》は冬ぞ寂《さび》しさまさりける人目《ひとめ》も草《くさ》もかれぬと思へば

源《みなもとの》宗于朝臣《むねゆきあそん》

出典 『古今集』 冬

山里は
冬こそ
寂しさが募るもの
訪れる人は　誰もおらず
枯れはてた草
思うだけでもう
寂しくなる
思うだけで

冬の山里。孤絶した寂しさを歌いながら、余裕を感じるのは、末尾に「……と思へば」があるからだ。今現在が寂しい状態にあるというわけではなく、想像すると寂しくなるという。『古今集』の詞書には「冬の歌とて詠める」とある。

ここには、冬の寂しさの「理由」が、下の二句「人目も草もかれぬと思へば」によって、あかされている。「離《か》れ」(人が訪問しなくなる)と「枯《か》れ」とが掛詞になっていて、寂しいのは、草木が枯れるばかりでなく、人も離れるからだという。「人目」には、「人の見る目」という意味のほか、「人の出入り。人の往来」(『新明解古語辞典』）の意味もあり、ここでは後者。草木が枯れるのは自然現象だが、人が離れるのもまた、自然現象のように並べられてあるのが面白い。風景から想像される視覚的な「寂しさ」に、「心細さ」や「孤独」といった心の寂しさが加わって、歌に深みが生まれている。

「冬ぞ寂しさまさりける」とあるから、冬が一番寂しいけれど、春夏秋も、それなりに寂しいと想像できる。しかし突き詰められたものには、それだけが持つ美しさがあるものだ。「……そんな山里だが、いいものだよ」。一首に最後、こんな声を補い、冬をしっかりとだきとめている人の歌だと思って読むと、奥のほうから、あまやかなものが溶け出す。

源宗于朝臣（生年未詳〜九三九年）は、光孝天皇の皇子・是忠《これただ》親王の子。臣籍降下によって源姓を名乗る。三十六歌仙の一人。

29

心あてに折《を》らばや折《を》らむ初霜の置《お》きまどはせる白菊《しらぎく》の花

凡河内躬恒《おほしかふちのみつね》

出典　『古今集』　秋

純白の
白菊の一枝を
あてずっぽうに　折ってみようか
花びらのうえに
今年はじめの霜
花なのか霜なのか
霜なのか花なのか
惑わされてしまって
見分けがつかないから

惑うという心の動きにも詩情は宿る。

冬が近い。朝晩は大分寒くなった。早い朝。白菊の花に今年初めての霜が降りている。寒いのは身にこたえても、「季節」と出会った新鮮な驚きとよろこびがあっただろう。

「心あてに」とは、多くの書物で「あて推量に」という現代語訳があてられている。根拠もないのに、あてずっぽうにということである。「折らばや折らん」（折るというのなら折ってみようか）という重複した言い方には、一瞬の迷い心が透けて見える。作者は肉眼でじっと白菊を見つめている。霜の降りた白菊を「拡大鏡」でのぞいているかのような「目」が、歌のなかから感じられる。

「置きまどはせる」がわかりにくいが、「置く＋まどわす」で、置いて惑わせること。惑わしているのは白菊で、惑わされているのが「わたし」である。なぜ、惑わされているのかというと、白菊と霜、どちらも白色で、見分けがつかないから。

しかし白菊の白は、絵の具を塗ったような固定した白であり、一方、霜の白は、溶けるという予兆を含んだ、半透明の変化する白だ。本当を言えば、だいぶ違う。だがここでは、あくまでもあれっと錯覚した、その一瞬が掬い取られていると考えたい。しゃりしゃりとした氷の柱が白菊をうっすらと覆っている。神秘的な情緒と美しさを感じる。

凡河内躬恒《おおしこうちのみつね》の生没年は未詳。甲斐少目《かいのしょうさかん》、和泉大掾《いずみのだいじょう》、淡路権掾《あわじのごんのじょう》など、地方の判官を歴任。官位は低かったが、歌人としては著名で、『古今集』の撰者。三十六歌仙の一人。

30

有明《ありあけ》のつれなく見えし別《わか》れより暁《あかつき》ばかり憂《う》きものはなし

壬生忠岑《みぶのただみね》

出典　『古今集』恋

有明の月を
無情と見上げた
別れのときを　忘れてはいません
あれ以来　ずっと
暁が　つらい
毎日　やってくる　暁という時が

この歌は、『古今集』の「恋歌三」にあり、前後には逢わずに帰ってきた恋歌が並んでいる。その配列を踏まえると、男が通っていったにもかかわらず、女は逢ってくれなかったということになる。後朝《きぬぎぬ》（女と結ばれた翌朝のこと）の別れの辛さ、とることも可能だが、ともに一夜をすごした翌朝には、辛さばかりでなく、余情や哀しみ、物憂さもあるはずで、そのような複雑な感情に沿うには、この歌はやや単色である。やはり、女は逢ってくれなかったととり、この歌の「憂」を味わってみたい。

月の運行を基準にした「陰暦」にいう十六日以降、特に二十日過ぎの月を「有明の月」と呼ぶが、明け方になっても空に残り続ける。作者が辛い思いを味わったとき、明け方には、有明の月が残っていて、そのしらじらとしたありさまが、つれなく見えた、ということなのだろう。女に直接感情をぶつけずに、あくまでも「月のはなし」をしている。『百人一首』に収められた、多くの恋歌に共通する興味深い態度である。和歌の演技といってもいいだろう（なお、〝和歌の演技〟については、渡部泰明『和歌とは何か』岩波新書を参照）。

「別れより」の「より」は時間の経過を表し、「その別れ以来ずっと」という意味になる。男にとって、あれ以来、夜明け方の時間ほど、辛いものはなくなった。

恋は積み重ねられる記憶とともに、成熟しながら終わりへ向かう。辛い過去が何かをきっかけに（たとえば暁という時をきっかけにして）、幾度も蘇《よみがえ》ってきては反復される。しかし恋する者は、実はその辛さを半分、どこかで自虐的な喜びに変えているのではないか。そうでなければ、こんな歌が生まれるはずがない。

壬生忠岑の生没年は未詳。壬生忠見《ただみ》（四十一番の作者）の父。六位《ろくい》摂津権《せっつのごんの》大目《だいさかん》などを務め、官位は低かったが、歌人としての業績は優れ、三十六歌仙の一人。『古今集』の撰者の一人でもある。

31

朝《あさ》ぼらけ有明の月と見るまでに吉野《よしの》の里に降《ふ》れる白雪《しらゆき》

坂上是則《さかのうへのこれのり》

出典『古今集』冬

夜が
ほのかにあけてくるころ
有明の
月の光かとみまがうほどに
白々　しずかに　降りしきる

吉野の里の
雪のあかるさ

ほのぼのと夜が明けてくる。あたりは静まり返っている。雪あかりというが、その言葉通り、雪の白はライトとして周囲を明るくする。それを有明の月かと思うほどだ、と書いている。雪の白といっても、絵の具の白のように濁りのあるものではなく、色彩をはじきとばす、白光ともいえる白である。色というより光なのだ。神秘的でひややかな、月光のイメージにふさわしい。

静けさもまた、雪と月とを結びつける。降る雪は消音装置であり、それ自体に音がしないのはもちろんのこと、日常世界の音を吸い取り、消してしまう。雨とはその点がまったく違う。降ることによって、世界を一新する。

ただ、この歌は、有明の月の光だと思っていたら、実は雪だった、という驚きを詠《うた》っているわけではない。『古今集』の詞書には、「大和国にまかりける時に雪の降りけるを見てよめる」とある。奈良へ出向いたとき、雪が降り続いているのを見て詠んだということだ。最初から降る雪を見ていて、そこへ比喩として、有明の月の光を重ねあわせた。

「吉野の里」は、現在の奈良県吉野郡のあたりを指す。桜と雪の名所として名高い。

李白の詩、五言絶句の「静夜思」には、寝台の前へ差し込む白々とした月光を、霜と疑うという思いが詠われているが、このころ読まれていた漢詩には、月光を、雪や霜と重ねてみる比喩が散見され、そこからの影響もあるといわれる。

坂上是則（生年未詳〜九三〇年）は、蝦夷《えぞ》征伐を成し遂げた征夷《せいい》大将軍・坂上田村《たむら》麻呂《まろ》の子孫。大和権少掾《ごんのしょうじょう》などを歴任、従五位下加賀介《じゅごいげかがのすけ》に至る。蹴鞠《けまり》の名手だったらしい。三十六歌仙の一人。

32

山川《やまがは》に風のかけたるしがらみは流《なが》れもあへぬ紅葉《もみぢ》なりけり

春道列樹《はるみちのつらき》

出典『古今集』秋

山のなかを　駆ける川に

風がつくった

しがらみがある
吹き寄せられ
重なりあい
ああして 流れを
せきとめている
鮮やかな
あの
もみじのこと

風のつくった「しがらみ」とは何か。その謎は下の句で紅葉と解き明かされる。現代でも、流れを邪魔するものや動きを阻害するもののたとえとして、「しがらみ」をよく使うが、元はこの歌で詠われたように、川の流れをせきとめるための柵《さく》のようなものだった。

川の面に錦のように広がった、豪華・華麗な紅葉の歌もあったが、ここで詠われている紅葉は、流れに乗らずに、吹き溜まっているもので、歌人の目に拾われなければ、見落とされてしまった風景である。しかし、こうして歌に詠まれると、ああ、そんな紅葉を確かに見たことがある、と誰もがきっと思うだろう。「流れない紅葉」に心が止まるとき、心の流れもせきとめられて、ほんの一瞬、「間」が生まれる。重なりあい、とどまっている紅葉、岩肌にくっついている紅葉もあるだろう。山全体は、秋を深めている。背景に聞こえるのは、流れ続ける水音だが、手前には、季節を引き止めるかのように、動きを止めた紅葉が見えている。山中風景の濃淡を、言葉で描いた、絵画のような一首である。

詞書には「志賀の山越えにて詠める」とある。当時、京から山を越え近江《おうみ》へ至る道を「志賀《しが》の山越え」といい、多くの人に活用されていた。

また、出だしの山川は「やまがわ」と濁る。やまかわだと、山と川という意味になるという指摘があり興味ぶかい（『原色　小倉百人一首』文英堂）。「流れもあへぬ」の「あへぬ」とは、「敢ふ」（完全に成し遂げる意味を成す。六八頁参照）に、打ち消しの助動詞「ぬ」がついたもの。流れようとして流れることができないという意味。

春道列樹（生年未詳〜九二〇年）は、新名宿禰《にいなのすくね》の子。漢文学を学ぶ文章生《もんじようしよう》となり、その後、壱岐守《いきのかみ》に任命されるも赴任前に没したらしい。ほとんど無名の歌人であったが、この一首で歴史に残ったといわれている。

33

久方《ひさかた》の光《ひかり》のどけき春の日にしづ心《ごころ》なく花の散《ち》るらむ

紀友則《きのとものり》

出典　『古今集』春

ひさかたの
ひかりあふれる　のどかな春
ものみな　ゆったりと
まどろむなか
桜ばかりが　ちりいそぐ
静心もなく　ちりいそぐ

「ひさかたの」という枕詞が調子を整え、格調高く、歌い出される。散る桜といえば、この歌が思い浮かぶほど、多くの人に愛されている。

上三句ののどかな春の日の印象から一転、下の二句では桜が散り急ぐ。一首のなかに、緩急の変化が見えてきて面白い。前半では、「ひさかた」「光」「春の日」と、はい行が流れを作っており、ひらたい、へいわな、水平的イメージが残る。この部分は、客観的な描写である。後半の下の句は、花の落下という垂直運動が書き留められていて、ここは、ただ落ちている桜に、「静心なく」という主観的な観察を入れ擬人法で描写している。水平から垂直へ、客観から主観へ、まったく違う時間感覚が、一首のなかで接合している。なにもかもがゆったりとすぎていく、春の一日。その中心で、散り急ぐ桜は、そこだけ、円柱形に刳《く》り貫《ぬ》かれ、異次元の世界を創りあげている。万象をくまなく照らしていた光は、いつしか桜だけを照らす「スポットライト」に変化していて。

紀友則（生年未詳～九〇五年前後）は、紀貫之（三十五番の作者）の従兄弟《いとこ》。『古今集』の撰者の一人だったが、完成前に死去したといわれる。三十六歌仙の一人。

34

誰《たれ》をかも知る人にせむ高砂《たかさご》の松《まつ》も昔の友ならなくに

藤原興風《ふぢはらのおきかぜ》

出典　『古今集』雑

これから先
誰を友として
生きたらいいのか
同じ長寿なら　高砂の松があるが
松は松　にんげんの
昔っからの　友ではないんですよ

「高砂の松」は、播磨国《はりまのくに》（兵庫県）の高砂にある松。高砂は松の名所で、高砂の松といえば、長寿を寿《ことほ》ぐ縁起物だった。歌の内容は、老いの果てのさびしさ、孤独の嘆きだが、長寿の松のめでたいイメージもあって、余裕と気品がある。「誰をかも知る人にせむ」という冒頭も、鋭い入り方で堂々としている。「か」は疑問を表す係助詞、

「も」は詠嘆を表す係助詞で、はずして意味をとれば、「誰を知る人にしよう」ということになる。知る人とは、自分が知り、自分をよく知る人、つまり親しい友のこと。自分は長く生きたが、友はみんな死んでしまって、今後は誰を、友と呼んだらいいのかと嘆いている。

物言わぬ松はただの松。しゃべりだすわけでもなければ、助けてくれたり、なぐさめてくれるわけでもない。けれど愚痴も言わず、孤高に立つ松は、人間よりもはるかに立派じゃないか。そう思うと、だんだんと、松に人間のような親しみがわく。友ではないと言いながら、この松、友のようであり、自分を見守るもう一人の自分のようでもある。

藤原興風の生没年は未詳。日本最古の歌学書『歌経標式《かきようひようしき》』の著者藤原浜成《はまなり》の曾孫《ひまご》。相模掾道成《さがみのじようみちなり》の子。興風自身も相模掾、治部少丞《じぶのしようじよう》、下総権大掾《しもふさのごんのだいじよう》などを務め、治部丞《じぶのじよう》となる。官位は低かったものの、詩歌・管絃に優れた人だった。三十六歌仙の一人。

35

人はいさ心も知らず古里《ふるさと》は花ぞ昔の香《か》ににほひける

紀貫之《きのつらゆき》

出典　『古今集』春

人のこころは
さあ　わからない
揺れ動き
あてにならないものだが
ふるさとの梅の花は
こうして　今も　香っている
昔と　少しも　変わらずに

『古今集』には長めの詞書がついている。

「初瀬《はつせ》にまうづるごとに、やどりける人の家に、久しくやどらで、程へて後にいたれりければ、かの家のあるじ、『かくさだかになんやどりはある』と、言ひいだして侍りければ、そこにたてりける梅の花を折りてよめる」――つまり、「長谷寺《はせでら》へ参った際にはいつも定宿にしていたところへ、長いあいだ行かずにいて、時間をあけて参ったところ、宿の主が、このようにちゃんと宿はありますのに……と、軽い皮肉めいた言い方で迎えたため、そこに立っていた梅の花を折って、この歌を詠んだ」。

初瀬というのは、大和国（奈良県）の初瀬（地名）。この初瀬の初瀬山に長谷寺があり、本尊に祀られた十一面観音を拝みに、人々が詣でた。

詞書からわかることはまず、ここでいう「花」が、桜ではなく梅であること。「人」とは宿の主に限定せず、もっと広く一般的な「人」と考えたほうが歌に幅が出るように思う。「いさ」というのは、下に打ち消しを伴い（多くは「知らず」を伴う）、さあ、どうだろうか、という意味をつくる。人の心が捉えがたいのは確かな真実であり、その機微を即妙に詠ったよくできた歌だが、それでいて情緒の余韻が残るのは、梅の香りが詠われたせいだろう。一見、移ろいやすく消えてしまいやすい梅の花の香りをもって、不変を表現している。香りはいわば花の心。遠い約束を守り続けるかのように、香り続ける梅がけなげだ。

紀貫之（八六八年頃～九四六年）は、『古今集』の代表的撰者。紀友則（三十三番の作者）の従兄弟。『土佐日記』の作者。三十六歌仙の一人。

36

夏の夜はまだ宵《よひ》ながら明《あ》けぬるを雲のいづくに月宿《やど》るらむ

清原深養父《きよはらのふかやぶ》

出典　『古今集』　夏

夏の夜は　短くて
まだ　宵と思っているうち
もう　明けてしまったよ
月は　どうしただろう
姿が見えないが
雲の
どのあたりに
宿っているのだろう

歌は時間を圧縮するものだが、この歌の出だしもすごい。「夏の夜はまだ宵ながら明けぬるを」って、まだ日が暮れて間もないというのに、明けてしまったというのだから。実にせっかちな夏の夜だが、夜が悪いわけではない。そのように作者が感じただけのこと。しかし短いと文句を言うだけの理由があった。月を眺めて夜更かしをしていたのである。

『古今集』詞書に「月のおもしろかりける夜、暁《あかつき》がたによめる」とある。夏の夜の月はさぞ、美しかったことだろう。もっとゆっくり眺めていたかったが、早々に夜があけてしまった。朝に溶けてしまった月を惜しむ気持ちは、短い夏の夜を惜しむ気持ちでもある。

月の姿は陽《ひ》の光で見えないけれど、雲を宿として、隠れているのだろうという。擬人法で描かれているので、いかにも月が夜に追い越され、空に取り残されてしまったかのようだ。優美な月の動きのあとが、ユーモアを伴って伝わってくる。

清原深養父の生没年は未詳。清原元輔《もとすけ》（四十二番の作者）の祖父。清少納言《せいしようなごん》（六十二番の作者）の曾祖父にあたる。

37

白露《しらつゆ》に風の吹きしく秋の野はつらぬきとめぬ玉ぞ散りける

文屋朝康《ふんやのあさやす》

出典 『後撰集』秋

草の上の　白露に
風がしきりに　吹きつける
露は一瞬に　散りこぼれて
秋の野には
あちらにも
こちらにも
つらぬく緒からはずれた玉が
ふるえている
ひかっている

花の終わった淋《さび》しい野に、風が立った。「吹きしく」とあるが、「しく」は頻《し》く。何度も繰り返す、度重なる、しきりに風が吹くという意味である。草の上に宿った無数の白露に、冷たい風がしきりに吹く。すると、荒々しく露がはじかれ、それが玉のように散乱した。事件と呼んでいい瞬間だが、こうして歌にならなければ、誰に気づかれることもなかった。この風景を誰が見たのか。少なくとも作者は見たのだろうが、この歌の風景から、人間は、はじかれている。作者さえ、ここにはいない。神のような目が、隙間からそっとのぞきみて、この光景を書き写したのではないか。

白露を玉に見立てること自体は、格別、新しいことではないと思うが、草の葉の上にとどまっていた無数の白露が、風にざっと散り落とされる野趣あふれる瞬間は、平凡なものではない。そのとき、雨のような音がたったのではないかと思う。その瞬間が見えるようだが、歌にはそのあとの、冷たくぬれそぼった秋の野原が静かに広がっている。あちらこちらに点在する白露。つなぎとめられていたものがばらばらになることに、不吉な予兆を見ることもできるだろうが、同じことを一種の解放と見ることもできる。散在する玉には、整理整頓からはずれた、放縦で無作為な自然美が宿っている。実にもの淋しい荒涼とした風景で、冬が近いことも実感される。

文屋朝康の生没年は未詳。文屋康秀（二十二番の作者）の子。駿河掾、大舎人大《おおとねりだい》允《じょう》を務めたことのほか、経歴はよくわかっていない。

38

忘らるる身をば思はず誓《ちか》ひてし人の命《いのち》の惜《を》しくもあるかな

右近《うこん》

出典　『拾遺集』　恋

忘れられるわが身は
もういいのです
おそれているのは　あなたのこと
あれほどまでに誓ってくれた人
よもや命にかかわることでもあったら
わたしは　やはり惜しみます
命は命
生きてほしいですから

平安時代の歌物語の一つ、『大和物語』には、「同じ女（右近のこと）、男の、『忘れじ』とよろづのことをかけて誓ひけれど、忘れにけるのちに言ひやりける」（決して忘れないと誓ったその男から、忘れられてしまった右近が、相手に送った）として、この歌が詠まれている。さらには「返しは、え聞かず」（返しの歌はなかった）。つまりこの歌は、気の毒にも右近一人の独白と読める。恋の相手は、四十三番の作者、権《ごん》中納言敦忠《ちゅうなごんあつただ》か。

二句で切り、忘れられるこの身はもうどうでもいい、神仏にかけて愛を誓い合ったあなたの命が惜しいと読んでみた。「忘らるる身をば思わず」、ここで切ると、そのあとに重い沈黙が意識される。

まじめにとれば、なかなか怖い歌である。神仏に誓ったことを破ったのだから、罰があたっても仕方がないという前提がある。恨みはあったろうが、さすがに命にかかわるとなると、ふいに恋情がよみがえってきて、生きていてほしいと願ったのだろう。どんな人であろうと、命が消えるということは切なさの極みであり、恨みの果てに、ふと、女の感情が澄み、延命を願ったということも考えられる。恨みきれない。複雑なのである。そんな善女も、こうして忘れられてしまう、恋の皮肉。しかし、別の日、この歌を読み返して、わたしはまた違う印象を持った。右近がきつい皮肉を言っている歌ではないかと。それくらい多角的に読める面白い歌である。
右近の生没年は未詳。右近衛少将《うこんえのしょうしょう》藤原季縄《すえなわ》の女。父の官名で呼ばれた。醍醐天皇の皇后、穏子《おんし》に女房として仕えた。

39

浅茅生《あさぢふ》の小野《をの》の篠原《しのはら》忍《しの》ぶれどあまりてなどか人の恋《こひ》しき

参議等《さんぎひとし》

出典『後撰集』恋

浅茅《あさじ》の生えた　小野の篠原
同じ「しの」でも
わたしは　しのぶ
忍び続けて
思いは　あふれ
あまり　あまって

どうしたことでしょう
さらに　恋しいのです
あのひとが

「浅茅生の小野の篠原」が想起させるものは、地味なわびしい風景である。忍び続けたが、おさえにおさえた思いがあふれ、忍びきれない状態になっている。自分でも困惑していて、それが「あまりてなどか」に表れている。舌をかみそうな、面白く複雑な音の連なりで、この歌に特別の感興を添えている。日本語では、小さな助詞が大きな働きをするが、短詩型の場合、それが一層、顕著である。小さなスペースのなかで、言葉の流れや方向が変わり、特別のニュアンスが加わる。この「あまりてなどか」も、意味がとりにくいが、「あまる」という動詞の連用形に、接続助詞の「て」がつき、「などか」は、「どうして、なぜ……なのか」という意味をつくる副詞である（さらに細かくみると、副詞の「など」に係助詞「か」がついた）。忍んでいるのに、どうして思いがこんなにあまって（＝あふれて）しまうのでしょうと自分に問いかけている。

　決壊するわけにはいかない緊張感と、なおもあふれてしまう思いの豊かさとが、ブレーキとアクセルのように働き、矛盾した、複雑な味わいを一首に与えている。冒頭にも書いたように、歌いだしの地味な外観に比べ、心の内側の華やかさはどうだろう。背広の裏生地に、あふれる色彩を見つけたときと同じ、地味派手な一首と思うのである。

「浅茅」は丈の短い茅のことを指すが、そうした茅など草木が生えているところを「生」といった。また、「小野の篠原」は地名ではなく、小野の「小」は、名詞について、小さいもの、細かいものを表したり、語調を整えたりする。「篠原」は細い竹の生えている原である。

参議等、源等（八八〇年〜九五一年）は、嵯峨天皇の曾孫。いくつかの地方官を歴任したあと、参議となった。歌人としての経歴は未詳。

40

忍《しの》ぶれど色に出《い》でにけり我《わ》が恋《こひ》は物や思ふと人の問《と》ふまで

平兼盛《たひらのかねもり》

出典『拾遺集』恋

知られないようにと
忍んできたのに
わたしの恋は
わが心の淵を　あふれでて
恋をしているのだろう？　と人が問う
それほどまで
あからさまなものに
なってしまった

色が出るのではない。色に出る。「色」とは顔色、態度のこと。意識したわけではないのに、恋をしているという状態が、いつのまにかあらわになってしまっていた。自分に対する「おののき」が、この「に」に、ひいては歌全体に表現されている。まことに恋は、ものぐるいの一種で、自分では制御できないものがとりついてしまうことなのだ。人に指摘されるまで、自分でも気がつかないという、恋する人間のおろかしさが香り高く表現されている。

優美な調べで詠われているので、知られてしまったといっても、懊悩というほどのものは感じられない。戸惑いはあるが、もはや仕方のないことだという静かなあきらめが感じられる。噂が出ては困るのだが、まったく誰にも知られないというのも、もしかしたら、つまらないのかもしれない。このような矛盾した心の揺れをとらえた一首と考えてみた。

『拾遺集』詞書には、「天暦御時歌合《てんりやくのおんときのうたあわせ》」（天暦は村上天皇が治めた時代）で詠まれた歌とあり、次の四十一番の歌「恋すてふ……」と競って勝った。天徳《てんとく》四年（九六〇年）、村上天皇が主催した「天徳内裏歌合《だいりうたあわせ》」（ちなみにこの「天徳」も、村上天皇時代の元号）でのことで、後々まで伝えられ歌合の手本となった。このときの判者は藤原実頼《さねより》。補佐役は源高明《たかあきら》。なかなか決着がつかなかったが、帝（村上天皇）が、ふと、「忍ぶれど……」とつぶやき、この歌に軍配があがったという逸話がある。

平兼盛《たいらのかねもり》（生年未詳～九九〇年）は、光孝天皇の曾孫・篤行《あつゆき》王の子。臣籍に降下し、平氏となる。三十六歌仙の一人。

41 恋《こひ》すてふ我《わ》が名《な》はまだき立ちにけり人知れずこそ思ひそめしか

壬生忠見《みぶのただみ》

出典　『拾遺集』　恋

恋をしている
というわさが
はやくもたってしまった
誰にもわからないようにと
こころのうちだけに
かたく秘め
思い始めたばかりだというのに

忍ぶ恋が続いている。前の歌のところで触れたとおり、歌合で競って負けた。四十番の歌と比べると、こちらの歌のほうが初々しい感じがする。「思ひそめしか」とあるから、恋は始まったばかり。なのにもう噂が出てしまったという。最初から、忍ぶつもりなど、ないのではないのか。

「恋すてふ」というのは、「恋す」に「といふ」がつき、それが縮まって、「恋すてふ」となった。「我が名」の名とは噂、評判のこと、「まだき」という副詞の意味がとりにくいが、まだ、その時期にならないのに早くも、もう、ということを表す副詞である。「思ひそめしか」にある「思い初む」という動詞は味わいが深い。現代の口語で「思い始める」などといっても、歌にあるような思いの濃さは伝わらない。

壬生忠見の生没年は未詳。壬生忠岑（三十番の作者）の子。三十六歌仙の一人。

42

契《ちぎ》りきなかたみに袖《そで》をしぼりつつ末《すゑ》の松山《まつやま》波越《こ》さじとは

清原元輔《きよはらのもとすけ》

出典『後拾遺集』恋

かたく
契りを交わしましたね
あなたと
涙の袖をしぼって

誓いあったのでした
末の松山を波は越さない
だからわたしも
だからあなたも
互いにけっして　裏切ることはないと

『後拾遺集』の詞書に、「こころ変はり侍りける女に人に代はりて」とある。心変わりをした女性に、人に代わって歌を送った。「末の松山」とあるが、一説に宮城県多賀城《たがじょう》市あたりにあった岡といわれている。平安時代前期の貞観《じょうがん》十一年、東北に大地震が発生した（貞観地震）。その際、「末の松山」には津波が到達しなかった。そこから伝承が生まれ、有名な歌枕となった。奇跡のように、そこで津波がとまったというひともいれば、逆に津波にのみこまれたために、このような伝承が生まれたのではと考えるひともいる。いずれにせよ、危機を瀬戸際でくいとめてくれる絶対的なものへの祈りが、「末の松山」という地名にはこめられているだろう。その「末の松山」を波が越さないということで、心変わりをしないというたとえにもなった。

勢いのある出だしである。「契りきな」。現代口語では動詞に「な」がつくと、禁止を意味するが、この「な」は、心が感じて動くことを、強調する終助詞である。誓いましたよね？　そうですよね？　詠嘆すれども、相手から返ってくる言葉はない。歌の嘆きは虚空にひろがる。「かたみ」とは「互いに」の意。「袖をしぼる」とは、涙で濡れた袖をしぼることで、この二人はかつて、そうやって泣きながら、仲を誓い合ったというのだ。

この歌は、『古今集』東歌《あずまうた》に「陸奥歌」として収められている次の歌を踏まえている。「君をおきてあだし心を我が持たば末の松山波も越えなむ」（きみをほうって、浮気心をぼくが持ったのなら、あの波が越さないことで有名な「末の松山」をも、波が越すだろう。だからそんなことは絶対ないと誓うよ。）

清原元輔（九〇八年～九九〇年）は、清原深養父（三十六番の作者）の孫、清少納言（六十二番の作者）の父。『後撰集』の編纂にかかわる。従五位上肥後守《ひごのかみ》。三十六歌仙の一人。

43

逢《あ》ひ見ての後《のち》の心にくらぶれば昔は物《もの》を思はざりけり

権中納言敦忠《ごんちゅうなごんあつただ》

出典『拾遺集』恋

契ったあと
知ったのです
前だって
あなたを思っていた
けれど　思うだけなら
思わないのと　まったく同じ
それがわかったのでした
こうして　契ったあと

相手を思っていたことには変わりがないというのに、今このときの痛いほどの切なさに比べれば、昔は物を思わないのも同然だったという。「昔の自分の全否定」である。その激しさに目をひかれる。一体、何が起きたのか。恋の段階にもいろいろあるが、このたびは、プラトニックな関係から肉体の関係へと進んだものと考えられる。

「逢ひ見る」で「契りを結ぶ」という意味。「くらぶ」（比較する）という言葉が妙に新鮮でなまめかしい。結ばれる前とあとで、恋の深さを「比べている」。そして以前は話にもならないという。子供と大人ほども違うというのである。こういうあからさまなことを、「逢ひ見ての後の心」とか、「昔は物を思はざりけり」などという洗練された言い方で、さらりと詠んだ。

この歌が収録された『拾遺集』の、前段階の歌集と考えられている『拾遺抄』には、この歌が後朝の歌であることがわかる詞書がある。

権中納言敦忠、藤原敦忠（九〇六年〜九四三年）は左大臣藤原時平の三男。琵琶にも才能を発揮した。三十六歌仙の一人。この歌からもわかるように、色好みの美男子だったようで、あまたいたらしい恋の相手の一人が右近（三十八番の作者）。

44

逢《あ》ふことの絶《た》えてしなくはなかなかに人をも身をも恨《うら》みざらまし

中納言朝忠《ちゅうなごんあさただ》

出典『拾遺集』恋

逢わなければいいのです
逢うことが
なくなってしまえば
あなたを恨むこともない
自分をなげくこともない
簡単なことなのです
それができさえすれば

逢うことがなかったならば、かえって（＝「なかなかに」）、「人」も「身」も恨まないのに、恨まないですむのにという嘆きを詠っている。「人」というのは恋の相手で、「身」というのが、わが身のこと。相手を恨むという心情はよくわかるが、恋をしてしまったわが身＝「わたし」を恨むということはどういうことか。そういう「運命」を恨むということであろうし、傷つくとわかっていて恋をしてしまう、愚かな自分を、もう一人の自分が呪っているのだろう。

これもまた四十番と同様、「天暦御時歌合」で詠まれた歌だ。このときの歌合の構成から見ると、「未逢恋」（いまだあわざるこい）＝契りを結ぶ前の状態の恋歌とも考えられている。だが、恋が、どんな段階にあっても、この心情はあてはまるはずだ。そして少なくともこのような歌を作れるひとは、恋というものの性質を熟知していたひとだといえる。恋が深まれば深まるほど、恨みもまた大きくなる。だからその前に手を打とうというわけで、「逢うということがまったくないのならば」などという仮想をたててみた。もっとも誰も信じちゃいない仮想である。逢いたくて逢いたくてたまらないのが恋だから。たとえ、辛くても逢うほうを選ぶという決心が底にあって、初めて生きてくる表現だ。

中納言朝忠、藤原朝忠（九一〇年〜九六六年）は、三条右大臣（藤原定方・二十五番の作者）の子。三十六歌仙の一人。笙《しょう》の名手でもあった。

45　あはれとも言《い》ふべき人は思《おも》ほえで身のいたづらになりぬべきかな

謙徳公《けんとくこう》

出典『拾遺集』恋

最後、憐《あわ》れみをかけてくれそうな人は
一人として
思い浮かばない
わたしは
むくわれない恋　をだいて
このまま　きっと　死んでいく
ああ　それも　いい

『拾遺集』の詞書は、なかなかいたわしい。「もの言ひはべりける女の、後につれなくはべりて、さらに逢はずはべりければ」――つまり、言い寄ってきた女が、後につれなくなって、さらには逢ってもくれなくなったので、詠んだということだ。

恋は終わった。その嘆きを、誰にということもなく、つぶやくように詠っている。けれどまだ底のほうには、熾《お》き火のように恋心がくすぶっていて、つれない相手へ、最後の最後、自虐的な言葉をそっとぶつけることで翻意を促そうとしているのかもしれない。

「あはれとも言ふべき人」とは、「わたしのことを哀れと言ってくれるはずの人」。「思ほえで」がやや難しいが、思ほゆ（自然に思われる、の意味）の未然形に、「で」という打ち消しの接続助詞がついたかたち。思い浮かんでこなくてという意。「いたづら」は、むだになる、はかないの意。「身がいたづらになる」とは、死んでしまうということである。

　恋の果ての、孤独な心情の吐露と読めるが、恋という枠組みをはずし、一人の人間が、人生の末期に抱く心境と、広げて読んでもいいかもしれない。現代では、誰もが一度は抱く感慨ではないか。子供がいたってあてにならない。あてにしてはならない。誰にも憐れみをかけられないで死ぬことを、皆、どこかで覚悟しているのだ。その果てに待つ死。「身のいたづらになりぬ」という文語ならではの慎ましい言い方には、深いあわれがこもっている。

　ただ、そうした思いを詠えるということは、まだ、本当の「死」には距離がある、余裕があるということ。悲痛な調べだが、嘆きの底に自虐の甘みを感じたら行き過ぎだろうか。

　謙徳公、藤原伊尹《これまさ／これただ》（九二四年〜九七二年）。謙徳公は諡号。一条に邸があり、別名、一条摂政。藤原師輔《もろすけ》の長男。二十代で和歌所別当となり、「梨壺《なしつぼ》の五人」を監督する立場から『後撰集』の撰に関わった。貞信公（二十六番の作者）の孫。義孝《よしたか》（五十番の作者）の父。

46

由良《ゆら》の門《と》を渡る舟人《ふなびと》梶《かぢ》を絶え行方《ゆくへ》も知らぬ恋の道かな

曾禰好忠《そねのよしただ》

出典『新古今集』恋

梶《かじ》をなくし
迷っている
由良のみなとの舟人とは　わたしのことだ
引き返せばよいものを
ゆくえもわからぬ恋をえらび
ゆらゆら　ゆれながら
まよいながら

すすんでいく

舟の水路と人の恋路が、一首のなかで重ね合わされている。作者の技巧が冴《さ》え渡った歌だ。行方がわからないというから、将来の保証された安心安定の恋ではない。これから先、どうなるかわからない。しかし恋とは、そもそも不可能や迷いを燃料として、一層燃え上がるものだった。

由良という地名の響きの美しさ。ゆらめきの「ゆら」を無意識のうちに重ねてしまう。由良といえば『万葉集』以来、紀州和歌山の海をいう地名だったが、曾禰好忠が丹後掾《たんごのじょう》として丹後国へ赴任していたことから、丹後国（現在の京都府宮津市）の由良川河口のことではないかともいわれている。だがここでは、紀州の海に一艘《そう》の舟を浮かべてみたい。

「門」は、水門《みなと》のことで湊《みなと》の古称。「かぢ」とは、櫓《ろ》や櫂《かい》などの道具の総称で、それが絶え（＝なくなって）、方角が定められないという不安を詠んでいる。

曾禰好忠の生没年は未詳。『今昔物語集』などに残る逸話はよく知られている。円《えん》融《ゆう》院の、「子《ね》の日の遊び」（正月初めの子の日に、野に出る貴族の遊び）に召されていないのにおしかけて追い返されたとか。少々偏屈で変わり者のところがあったらしい。

47
八重《やへ》葎《むぐら》しげれる宿《やど》のさびしきに人こそ見えね秋は来《き》にけり

恵慶法師《えぎやうほふし》

出典『拾遺集』秋

草　荒れ果て
ぼうぼうと生え
このさびしさ
河原の院を
訪ねる人もない
秋　だけはこうして
今年も来た

「葎《むぐら》」とは、一般に群れてはびこる蔓性の雑草のこと。音韻的にもいかにも混みあった感じがあって面白い。八重とあるから、その雑草が幾重にもからみ合っている状態だ。荒廃した一軒の家がある。繁茂する植物とは反対に、家は衰弱し、死にかけている。まるで草が滅ぼしつつあるかのように。『拾遺集』の詞書には「河原院にて、荒れたる宿に秋来るといふ心を、人々よみ侍りけるに」とあって、この家がかつては栄えた河原院であることがわかる。十四番の歌の作者、源融が鴨川近くに贅《ぜい》を凝らして建てた邸である。家の主が死んだあとは、融の曾孫、安法《あんぽう》法師が住んでいた。百年近くがたっていたから、だいぶ荒れ果てていただろう。草木も枯れ、色彩の剥落した閑寂な世界。かつては様々な人が訪れもした。聞こえるはずのない亡霊たちの足音が聞こえる。そこへ、最後、秋がやって来たという。枯れ草の乾いた音が、かそけき秋の足音である。繊細な擬人化がなされている。歌人たちは人を待つように、こうして季節を待ってきたのかもしれない。

淋しさを極めるような秋の登場だが、「来にけり」という末尾の詠嘆には華やぎも感じられる。「人こそ見えね」——人は来なくとも、季節はめぐる。そのことの肯定感が、淋しさのなかに明るさを運ぶ。

恵慶《えぎょう》法師の生没年は未詳。播磨国（兵庫県）の講師《こうじ》だったらしい。一流の歌人と交流し、優れた歌を残した。

48

風をいたみ岩うつ波のおのれのみくだけて物を思ふころかな

源《みなもとの》 重之《しげゆき》

出典 『詞花集《しかしゅう》』 恋

吹く風が
烈《はげ》しいから
波もはげしく岩を打つ
砕ける波
砕け散る わたしのこころ
こなごなになって
それでもなお 思うのは
あなたのことだ

烈しい風。岩を打つ波。雄渾《ゆうこん》な風景に恋の懊悩が重ねられている。あのひと（相手の女性）はつれなく、砕け散るのはわたしばかりだという。つまり片思いだが、しんみりする暇もなく、悲しみもまた、岩に砕けて散ってしまいそうだ。こんな歌を読むと、砕けない頑固な岩（女性）のほうがむしろ味気なく、恋をして砕け散るほう（男性）が、よほどにすばらしいと思えてくる。清々《すがすが》しい恋の孤独が表現されている。いたみ、なみ、おのれのみ、と「み」の音の連なりも耳に残る。

『詞花集』詞書に「冷泉院、春宮《とうぐう》と申しける時、百首の歌奉りけるによめる」とある。冷泉院《れいぜい》がまだ東宮（皇太子の意。東宮、春宮などと表記される）だったころに捧げられた、百首の歌のうちの一首だった。

源重之の生没年は未詳。清和天皇の曾孫。三十六歌仙の一人。地方官を歴任し全国を巡ったという。

49 みかきもり衛士《ゑじ》のたく火の夜《よる》は燃《も》え昼《ひる》は消《き》えつつ物をこそ思へ

大中臣能宣朝臣《おほなかとみのよしのぶあそん》

出典　『詞花集』　恋

闇のなか
御垣守《みかきもり》の
衛士《えじ》の焚《た》く火が燃えている
わたしはあなたを思っている
火の消えた　真昼間のさびしさ
燃え上がる　夜の火のかなしみ

御垣守とは、宮中の御門を警備する人（兵士）。衛士は、諸国から交代で集められた兵士で、夜はかがり火を焚いて諸門を守る。両者は別のものではなく、衛士も御垣守のうちに入る。

さて、歌では、御垣守である衛士が門のところで警護のための火を焚いている。兵士は無口に、たんたんと職務を果たしている。彼が何を思っているのかはわからない。そして火もまた、物言わぬもの。夜はごうごうと燃え、夜が明ければ、じゅっと消される。火のことばかりを書いているようだが、恋歌である。末尾に「物をこそ思へ」

という言葉がある。「物を思う」とはすなわち恋をしているということ。火とは実に不思議なもので、いつまでもいつまでも見つめていたくなる。ゆらぐ炎のあやしいリズムが、わたしたちを、現実世界から引き離し、深い因業の奈落へと誘うかのようだ。人間にとって火を見るとは、おのれのこころを見尽くすことにほかならない。

火という一語が出てくるだけで、もう十分に魅力的だが、「夜は～昼は～」という比較表現が、炎の妖しさのような「揺れ」を作っている。「昼夜」がさらに、知と情、肉体と精神など、さまざまな二極の概念を呼び寄せるので、イメージがゆらめきながら広がっていく。火の持つイメージの力であり言葉の力である。

大中臣《おおなかとみの》能宣《よしのぶ》朝臣（九二一年～九九一年）は神職。「梨壺の五人」の一人。『後撰集』の編纂にかかわる。三十六歌仙の一人。ただ、『能宣集』にはこの歌が入っていないので、本当にこのひとの歌かについては疑問も残っている。伊勢大輔《いせのたいふ》（六十一番の作者）は孫。

50

君がため惜《を》しからざりし命《いのち》さへ長くもがなと思ひけるかな

藤原義孝《ふぢはらのよしたか》

出典『後拾遺集』恋

あなたと
一夜をともにすることができるのなら
命など　少しも惜しくないと思っていた
なのにこうして　思いを遂げ
心もからだも　ゆるしあったあとは
なんということか
命が　惜しい
ともに生きるために

『後拾遺集』の詞書に「女のもとより帰りてつかはしける」とある。恋人のところから帰ってきて、すぐに彼女に遣わした歌。つまり後朝の歌である。

恋が成就すると、考えもしなかったような変化が気持ちに起こる。思いが通るまでは、命など惜しくなかった。けれど、結ばれた今は、一日でも長く、この命が続けばよいと願う。一つしかない命なのに、そのときどきで都合のいいことを願う。実に身勝手な心の動きである。それを自覚しての正直な感慨だから、同感できる。

命など惜しくないという潔さに比べると、長く生きたいという願いは、間延びしていて滑稽だ。それでもこの人は言いたい。「長くもがな」と（「もがな」は願望を表す終助詞）。もっとも、恋のためでなくとも、人は長生きを願うものだ。ある人は子のため、ある人は食欲のため、ある人は仕事を完遂させたくて。なんであれ、長い命を望むことは非常に人間クサイ、欲望の一つ。ただ、作者自身が夭折《ようせつ》したことを思えば切ない内容である。

「君がため」という出だしが華やか。君のために、君に会いたいがために、という意味。

藤原義孝（九五四年〜九七四年）は、謙徳公伊尹（四十五番の作者）の三男（あるいは四男とも）。三蹟《さんせき》（平安中期の能書家三人）の一人である藤原行成《ゆきなり》の父。疱瘡《とうそう》（天然痘）のため、二十一歳という若さで死んだ。

51

かくとだにえやはいぶきのさしも草さしも知らじな燃《も》ゆる思《おも》ひを

藤原実方朝臣《ふぢはらのさねかたあそん》

出典『後拾遺集』恋

これほどまでに
恋焦がれているということを
言いたい伊吹《いぶき》のさしも草
けれどこうして言えないのだから
あなたが知るよしもありません
さしも草で作るもぐさのように
じわじわと燃えあがる
わたしの思いを

『後拾遺集』の詞書に、「女にはじめてつかはしける」とある。恋する相手に初めて送った歌である。「えやはいふ」の「言う」と「伊吹」は掛詞、「さしも草さしも知らじな」では、「さしも」の同音反復がある。このほか、「思ひ」と「火」も掛けあわされている。

「かくとだに」の意味がとりにくいが、「かく」は「このように、これほどまでに」。「だに」は、多く否定形のなかで用いられ、程度の軽いものをあげて程度の重いものの可能性について、尚更当然という意味をほのめかす。「えやはいぶきの」も難しいが、「え」は副助詞。下に打ち消しや反語表現を伴い、不可能を表す。……することができない。「やは」は、係助詞で反語の意味を表し、……であろうが、いや……でないという意味。つまりここでは、これほどまでに恋い慕っていることを口に出すことができないのだから、ましてや相手が、自分の恋心を知るはずもないということを述べている。「さしも知らじな」の「さ」は指示の副詞。「し」「も」はいずれも強調を表す助詞で、「な」は終助詞と細かく分解できる。こうしたことを一応踏まえたら、もう一度、頭から一首を味わってみよう。

「さしも草」というのはよもぎのことで、この葉を原料として「もぐさ」を作る。お灸《きゆう》の際、そのもぐさに点火するわけだが、燃え上がるという類の燃え方ではない。じわじわと熱さが広がり、ツボを刺激することで様々な効能をもたらす。くすぶりながらも、途中で消えることなく芯をあたためるというのは、大人の恋にふさわしい。

「さしも草さしも知らじな～」の音の重なりは、恋の深まりをよく表している。なお、「いぶき」とあるのは「伊吹山」のことで、美濃（岐阜県）と近江（滋賀県）の国境には今も「伊吹山」がある。下野《しもつけ》（栃木県）にあった小さな丘ではないかとの説もあるようだ。

藤原実方朝臣（生年未詳～九九八年）は、貞信公忠平（二十六番の作者）の曾孫、侍従藤原定時《さだとき》の子。一時、清少納言と恋愛関係にあったといわれている。晩年陸奥守《むつのかみ》となり、その任地で没した。

52

明《あ》けぬれば暮《く》るるものとは知りながらなほ恨《うら》めしき朝ぼらけかな

藤原道信朝臣《ふぢはらのみちのぶあそん》

出典『後拾遺集』恋

夜《よ》が明ければ
日が暮れる

日が暮れれば
あの人に逢える
それでも　なお恨めしい
しらじらと　あけゆくときが
逢瀬まで
まだだいぶ　間がある

『後拾遺集』の、一つ前に並んでいるもう一首と合わせて、ともに後朝の歌と読むならば、ここにある朝は雪の朝ということになる。詞書には「女のもとより雪降りはべる日帰りてつかはしける」とある。冬の朝、長い夜をともにすごし、雪のなかを帰ってきて、またすぐに逢いたくなった。そんな気持ちを歌にしたのだろう。もちろん、この歌だけを独立させて読んでみるなら、ことさら雪の朝と読まなくてもいい。それでもどうだろう、やはり雪の朝としたほうが、特別の感興が加わることには間違いない。底冷えのする冷気が、肌の温もりを一層、懐かしく思わせるはずだから。

明ければ暮れる、この平凡極まりない、動かしようのない自然の摂理に、作者はあえて文句を言い立て、恋の高まりを歌にしている。自然を恨んでみても始まらないのだから、恨めしいというつぶやきはどこにも収まらず、中空に浮かび、自分に返ってくる。自然はこのように、恋人たちのあいだにあって、恨みや哀しみを黙って引き受ける「媒体」として広がっていた。

藤原道信朝臣（九七二年〜九九四年）は、法住寺《ほうじゅうじ》太政大臣藤原為光《ためみつ》の子。母は、一条摂政伊尹（四十五番の作者）の女。病により二十代で夭逝《ようせい》。

53

嘆《なげ》きつつひとり寝《ぬ》る夜《よ》の明くる間《ま》はいかに久《ひさ》しきものとかは知る

右大将道綱母《うだいしやうみちつなのはは》

出典『拾遺集』恋

嘆きながらすごす
独り寝の長い夜
しらじらとした夜明けまでの
久しい時を

あなたは
知っているでしょうか

独り寝を嘆いている原因は、この歌をぶつけた相手＝男の不実にあるようだ。『拾遺集』の詞書には、「入道摂政まかりたりけるに、門《かど》を遅く開けければ、『立ちわづらひぬ』と言ひ入れてはべりければ」とある。夫である入道摂政の藤原兼家《かねいえ》がやってきたとき、長いあいだ待たせて門を開けたので、立ちくたびれたと言ってよこした。それで、この歌を詠んだとある。だが、作者の手になる『蜻蛉日記《かげろう》』にも、同じ歌が書かれていて、そちらのほうの事情説明によれば、結婚の翌年のこと、別の女のもとへ通っているらしい夫がやってきて門をたたいた。開けさせなかったところ、夫はその女のもとへ行ってしまった様子だったため、翌朝、この歌を送ったとある。後者の事情のほうが具体的で深刻だ。いずれにしても、作者は男が来たと知りながら、無言と無視で追い返してしまった。プライドが守られたあとには、悔いと未練がやってきただろう。恋するがゆえに恨みも生じるわけだが、その恨みを相手にストレートにぶつけるのでは、歌にならない。ここではただ、朝が来るまでの時間がいかに長いかと、そちらのほうに嘆きの焦点があてられている。ついでにあなたは知らないでしょうねと、嫌味を言うのも忘れてはいないけれども。

夜が明けてしまうまでの長時間を、もんもんとすごすというのは、生産的とは言いがたい。相手が来てくれさえすれば、何もかもが即座に解決するが、それがもとより不可能なのだから、出口のない状況である。こうした一人地獄をかろうじて救うのが、「朝は来る」という自然現象。同時に歌もできあがったことで、恨みはひとまず詩のなかに解消されたかにみえる。当時の貴族たちにあっては、歌というものが自らの恋心を調整する道具として働いていたのではないかと思えてくる。

右大将道綱母（九三七年頃～九九五年）は、藤原倫寧《ともやす》の女。藤原兼家と結婚、妻の一人となり、道綱をもうけた。『更級《さらしな》日記』の作者、菅原孝標女《たかすえのむすめ》は姪《めい》にあたる。

54

忘れじの行末まではかたければ今日を限りの命《いのち》ともがな

儀同三司母《ぎどうさんしのはは》

出典　『新古今集』恋

忘れない　と
言ってくれましたね
けれどどうしたって
それは難しい
永遠に忘れない　などということは
わかっています
だから　いまこのときを
極みの　命として
散ってしまいたい　と思うのです

『新古今集』の詞書に「中関白《なかのかんぱく》通ひ初め侍りけるころ」とある。中関白とは、藤原道隆《みちたか》のこと。恋が始まったばかりのころとわかる。忘れないと相手が言っても、それは永遠のものではないと、すでに知っていることが哀しい。始まったばかりなのに、もう終わりを予感している。いや予感どころか、恋の終わりという「現実」を彼方《かなた》に見ている。リアリストの目が、「今」のただなかで死んでしまいたいという最高のロマンを呼び寄せた。

「忘れじの」は、「忘れじ（忘れない）」と誓ってくれた相手のその言葉、という意味。「行末」は将来のこと、「かたけれ」は「難し」の已然形《いぜんけい》。「今日を限りの命ともがな」については、前半部分は、今日を最後とする命というほどの意味。「ともがな」は、と（格助詞）＋もがな（願望を表す終助詞）に分解できる。

さて改めて、歌の全体を眺めてみる。「忘れじ」というのは男のせりふで、「今日を限りの命ともがな」は女のせりふ。一対の男女の立場の違いをよく表している。もし仮に、女が「忘れじ」と言ったのだとしたら、その「忘れじ」は、ほんとうに永遠のものだろう。男の言ったという「忘れじ」には、すでに「嘘」が感じられるが、そのつもりがなくとも、嘘になってしまうのが恋というものの宿命かもしれない。また、ここには、「永遠」と「今日限り」という、二種類の時間が対立しているように見える。だが、「今日限り」の連続形が「永遠」なのだとも思う。この日限りの命であったらという願いは、永遠なものに繋《つな》がりたいという女の気持ちが凝縮したものだ。

儀同三司母（生年未詳〜九九六年）は、高階成忠《たかしなのなりただ》の女、貴子《たかこ》のこと。夫、藤原道隆とのあいだに多くの子をもうけた。そのうちの一人である儀同三司とは伊周《これちか》のこと。伊周が流刑後に復位し、初めて自称した官職名が儀同三司だ。三司＝太政大臣、右大臣、左大臣に同じという意味。後に一条《いちじょう》天皇の中宮となる定子《ていし》も、子の一人。

55

滝の音は絶《た》えて久《ひさ》しくなりぬれど名こそ流れてなほ聞こえけれ

大納言《だいなごん》公任《きんたふ》

出典 『拾遺集』 雑

ごうごうと響く滝の音も
今はまぼろし
評判だけは
流れ広がり
今もなお
人々に
聞こえているが

詞書などから、この歌の背景を探ると、藤原道長《みちなが》がたくさんの人を伴い大覚寺《だいかくじ》に紅葉を見に来た際、作者・公任《きんとう》もいて、古い滝を見て感興を動かされ詠んだものらしい。大覚寺は京都嵯峨にあり、もと、嵯峨天皇が作った離宮。庭園のなかに滝があり、滝を見るための滝殿もあったという。この歌が詠まれたころは、滝殿も荒れ果て、水も干上っていたものと思われる。滝の轟音《ごうおん》とともに流れ去った絢爛な時間を惜しんでいるようにみえる歌だ。「涸れた滝」というだけで、十分詩情がわいてくるが、歌の後半は、滝の「名」に焦点が移り、パブリックな歌に変身する。すなわち、多くの人の目に触れることを意識して、滝の評判を賞揚するめでたい感じの歌としてまとまっている。注目すべきは音韻で、「滝」と「絶えて」の「た」、「なり」、「名」、「流れ」、「なほ」は、語の頭に皆、「な」を背負っている。「滝」と「流れ」は縁語であり、技巧的で流麗な歌に仕上がっている。

なお、この歌の出典を拾遺集としたが、千載集にも重複して出ている。拾遺集の伝本には、「滝の糸は」と始まるものがある。

大納言公任、藤原公任（九六六年～一〇四一年）は、関白太政大臣藤原頼忠《よりただ》の子。『和漢朗詠集《わかんろうえい》』などの編者として活躍。名門のうえ、学者としても権威だった。『大鏡《おおかがみ》』にある「三舟の才」のエピソードから、和歌はもとより漢詩や管絃の才もあったことが知れる。

56

あらざらむこの世《よ》のほかの思ひ出にいまひとたびの逢《あ》ふこともがな

和泉式部《いづみしきぶ》

出典『後拾遺集』恋

わたしはもう
長くは生きないでしょう
あの世への思い出に
もう一度
せめてもう一度
あなたに　逢いたい
逢いたいのです

『後拾遺集』詞書に、「心地例ならず侍りけるころ、人のもとにつかはしける」とある。「心地例ならず」とは、身体の具合が悪く病気であるということで、そんな状態のときに恋人へ送った歌。相手が誰であったのかは不明。

「あらざらむ」とは、（この世にもう）生きていないだろうというショッキングな意味である。唐突な出だしだが、結んでいた黒髪が一気に解かれるような勢いと新鮮さがある。古語の否定形は濁音を含み、耳にざらつきが残るため、輪郭の太い印象を呼ぶ。内容をいえば、もう一度逢いたいという単純なものだが、心に深く食い込んでくる。

「この世のほかの」とはこの世以外の、つまり「あの世」ということ。「もがな」は、……であればなあという願望を表す終助詞である。

和泉式部《いずみしきぶ》は奔放な恋愛経験から、官能的な名歌を生んだとされるが、その歌はときに哲学的、ときに幻想的、天性の歌心を感じさせ、今なお、私たちの心を強く惹《ひ》きつける。特別扱いを承知のうえで、いくつか代表歌をあげておく。

冥《くら》きより冥き道にぞ入りぬべき遥《はる》かに照らせ山の端《は》の月

物思へば沢の蛍もわが身よりあくがれいづる魂《たま》かとぞ見る

黒髪の乱れも知らずうち臥《ふ》せばまづかきやりし人ぞ恋しき

留め置きて誰をあはれと思ふらん子はまさるらん子はまさりけり

和泉式部（生没年未詳）の父は、大江雅致《まさむね》。はじめ、橘道貞《たちばなのみちさだ》と結婚。娘（六十番の作者、小式部内侍《こしきぶのないし》）をもうけるも、先立たれた。嘆きは深く、その悲しみを多くの歌に詠んだ。引用歌中、最後の一首もその一つ。その後、為尊《ためたか》親王、敦道《あつみち》親王（二人は兄弟）と恋愛をし、敦道親王没後に中宮彰子《しょうし》（一条天皇の后）に仕え、藤原保昌《やすまさ》と結婚した。

57 めぐり逢《あ》ひて見しやそれともわかぬ間《ま》に雲隠《くもがく》れにし夜半《よは》の月かな＊

紫式部《むらさきしきぶ》

出典『新古今集』雑

久しぶりに　出会った　おさなともだち
まぎれもなく　あなただと

確かめる間もなく
姿を消してしまったわね
月も同じ
たちまち　雲の間に隠れてしまって

『新古今集』の詞書には、早くから童《わらわ》ともだち（幼なじみ）であった人と、歳月を経てわずかな時間行き逢ったが、その人は月と競いあうように帰っていったので詠んだとある。

行き逢うとあるので、約束して逢ったわけではなく、偶然、どこかでばったり出逢ったのだろう。相手は同年輩の女友だち。話したいことはたくさんあったと思う。なによりも懐かしい気持ちがあった。ひきとめたい。けれど自分の意思だけでは、どうにもならない。そんな気持ちに、月のうごきが重ねられている。

「見しやそれともわかぬ間に」が要だが、「や」が疑問を表す係助詞で、「見たのか？　それを見たとしても、果たしてそれかどうかも見分けがつかないうちに」という意味。

＊『新古今集』や『紫式部集』などでは、月影（影とあるが、月の光のこと）となっている。

くらいの短い間だったというのだ。もちろん見たものとは、月であり友である。こうして夜空のできごとと、地上のできごとが、一首のなかで自然に溶け合わされた。奥ゆかしい詩情がにじむように広がる。日記では、同時代の女流歌人たちに対して辛辣な批評や悪口を書いた作者だが、この歌にあるのは、「きれいな諦め」だ。さっきまでいたのに、もうここにはいない人、いないもの。そういうすべての存在への愛惜が、静かに広がっていくようである。

紫式部（生没年未詳。九七〇年頃～一〇一六年頃とも）は、藤原為時《ためとき》の女。藤原宣《のぶ》孝《たか》と結婚し、娘（五十八番の作者、大弐三位《だいにのさんみ》）をもうけた。中宮彰子に仕えた。『源氏物語』の作者。

58

有馬山猪名《ゐな》の笹原《ささはら》風吹けばいでそよ人を忘れやはする

大弐三位《だいにのさんみ》

出典　『後拾遺集』　恋

有馬山《ありまやま》
猪名《いな》の笹原の笹の葉は
さらさらそよそよ
忘れてしまいなさいというように吹くけれど
忘れたのはあなたでしょう
どうしてわたしが
あなたを忘れましょう

『後拾遺集』の詞書に「離《か》れ離《が》れなる男の、おぼつかなくなど言ひたるに詠める」とある。段々と疎遠になってきた男が、なんだか「おぼつかなく」（心配、不安、はっきりしない）なんて言ってきたものだから、この歌を詠んだということだ。

音韻の魅力にあふれた歌で、さ行の音に満ちている。笹原の笹が、風に吹かれて、さらさらと音を立てる。「いでそよ人を」のうち、「いで」は、さあと人に行動を促したり、感動や驚きを表したりする副詞だが、「そよ」は、「そ」（指示代名詞）に、「よ」（終助詞）がついたもので、それよ、そのことよ、との意味を作る。同時にこれは、風に吹かれる笹の擬音語でもあろう。

忘却という行為の寂しさが、音になって、ここに鳴っている。何かを忘れるとき、人の頭のなかには、このような風の音が鳴ってはいないだろうか？　猪名の笹原の笹が、風に吹かれながら、さあさあ忘れてしまいなさいと、人に忘却を促しているかのようだ。確かに忘れることは人の世の、男女の、恋の習いである。しかしこの歌を詠んだ本人は、どうして忘れるだろう、決して忘れませんと言っている。「忘れやはする」の「やは」が反語の係助詞で、どうして〜だろうか、いやそうではないという意味を作る。もしかしたら、今、忘れないと言っている作者も、そのうちには忘れてしまうのではないか。そう思えるくらい、ここでは人間の意志が自然よりも小さく感じられる。風吹く笹原の笹のたてる音が、世界を大きく蔽《おお》っているのである。

「有馬山」は、摂津の有馬（現・神戸市北区有馬町のあたり）にあった山。猪名川に沿った土地に、笹原が広がっていた。

大弐三位、藤原賢子《かたいこ／けんし》（九九九年頃〜没年未詳）は、藤原宣孝と紫式部の女。母を継いで、上東門院《じょうとうもんいん》（中宮彰子の院号）に仕え、後に、後冷泉《ごれいぜい》天皇が誕生した際には、その乳母をつとめた。正三位大宰大弐《しょうさんみだざいのだいに》高階成章《なりあき》と結婚、夫の官位から大弐三位と呼ばれた。

59

やすらはで寝《ね》なましものを小夜更《さよふ》けてかたぶくまでの月を見しかな

赤染衛門《あかぞめゑもん》

出典『後拾遺集』恋

わかっていたら
ためらうこともなく
横になってしまいましたのに
あなたを待ってしまって
夜も　ふけてしまって
西に傾くまでの　月を見てしまって

恋とは不合理なもの。たとえ来ないとわかっていても、来るかもしれない一パーセントにかけて、人は相手を無駄に待ってしまうものだ。恋とはすなわち待つことだといってもよいくらいで、相手が目の前にいない時間こそが、恋心を太らせる。恋歌は、人を思い、人待つ「孤心」が作らせた。やすらふとは、ためらうこと、躊躇《ちゆうちよ》すること。「で」が打ち消しの接続助詞だから、「やすらはで」は、「ためらうことなく」という意味を作る。

来なかった相手への恨みがこめられているといっても、歌の調子は優美でやわらかい。相手を責めるという感じではない。待ってしまった自分自身を、持て余している気分のほうが伝わってくる。「かたぶくまでの月を見しかな」——月の変化に託して時間の長さをやんわり伝える。言われたほうのまなうらには、月を見上げている女の姿が否応《いやおう》もなく浮かんできて、「ああ、悪かったなあ」という思いが自然誘発されるだろう。

この歌が生まれた背景を知ると、この優美な婉曲さに一層の納得がいく。『後拾遺集』の詞書には「中関白、少将に侍りける時、はらからなる人に物いひわたり侍りけり、たのめて来ざりけるつとめて、女にかはりてよめる」とある。どうやら赤染衛門《あかぞめえもん》が、姉妹にかわって詠んだものらしい。中関白とは藤原道隆。彼が約束しておきながら（赤染衛門の）姉妹のもとへ来なかったのだ。それを姉妹になりかわって詠んだ。哀しみが、じわじわとしみ入るような遅さで伝わってきて、その一種の余裕が格調の高さをかもしだしている。

赤染衛門の生没年は未詳だが、長命だったらしい。大隅守《おおすみのかみ》・赤染時用《あかぞめのときもち》の女。藤原道長の妻に仕え、後に、その娘、上東門院彰子にも仕えた。紫式部、和泉式部、清少納言、伊勢大輔など、当時の一流女性歌人たちとも交流があった。大江匡衡《おおえのまさひら》と結婚し、挙周《たかちか》、江侍従《ごうのじじゅう》らの子をなす。

60

大江山《おほえやま》いく野の道の遠《とほ》ければまだふみもみず天《あま》の橋立《はしだて》

小式部内侍《こしきぶのないし》

出典『金葉集《きんよう》』雑

大江山の向こう
生野《いくの》を越えて
さらに　行く道は
はるかに遠いところです
母の住む　天の橋立へは

足を踏みいれたこと　ないし
文だって　受け取ってません

作者の母は、あの和泉式部。言わずと知れた歌の名手で恋愛経験も豊富な華やかな歌人。『金葉集』の詞書によれば、和泉式部が夫の保昌に付いて丹後国に暮らしていたころ、都で歌合があり、小式部内侍も召された。そこで権中納言定頼《さだより》（六十四番の作者）が、歌はどうなさいましたか？　お母様のいる丹後へ人を遣わしましたか、まだ使いは到着しませんか、心細いでしょうなどと戯れに言ったとき、定頼を引き止め、ぱっと詠んだという。つまり小式部内侍は、お母さんに代作してもらうんじゃないの？　とからかわれ、それを歌でしなやかにきり返したというわけだ。ところが定頼のほうは歌を返せず、からかったことを悔やみながら逃げてしまったらしい。

　京の都から母の暮らす丹後国への道筋に、大江山、生野、天の橋立があった。天の橋立（天橋立）は、松島、宮島（厳島《いつくしま》）と並ぶ日本三景の一つだが、ここでは丹後国を象徴する景観として詠まれている。「いく野」と「行く」、「ふみ」と「文」とが掛詞になっていて、即妙さに加え、技巧の鮮やかさも光る。きり返したといっても、歌には俊敏な鋭さよりも、穏やかな優しさが感じられる。地名や景観がゆったりと織り込まれているせいもあろうが、遠い距離を隔てて暮らす母を懐かしむ気持ちが感じ取れるせいではないか。母娘いずれもが美しく、歌が得手であったがゆえにたった母代作のうわさ。歌の根本には、母を誇る気持ちや思慕もあったと思う。

小式部内侍（生年未詳〜一〇二五年）は、橘道貞と和泉式部の女。母とともに、上東門院彰子に仕えた。藤原教通《のりみち》の子を産み、頼宗《よりむね》、定頼との恋愛を経て、公成《きんなり》の子、頼仁《よりひと》を産んだ後、若くして死去したことが伝えられている。その際の母、和泉式部の嘆きは深く、多くの歌にも詠まれている（一三八頁参照）。

61

いにしへの奈良の都の八重桜《やへざくら》けふ九重《ここのへ》ににほひぬるかな

伊勢大輔《いせのたいふ》

出典　『詞花集』春

むかし　奈良の
みやこに咲いた八重桜

きょうは九重
ここ宮中で
うつくしく
匂い立っています

奈良に都があったころとは、いわゆる平城京に都がおかれていた奈良時代のこと。そのころ奈良に咲き誇っていた八重桜が、今日はここ京の都の宮中で香り高く香っているという。「いにしえ」と「けふ」、「八重」と「九重」（宮中の意味もある）など、めりはりのきいた対照的な言葉が効果的に配置されている。おおらかな名歌である。『詞花集』や『伊勢大輔集』の詞書からわかる、歌の背景が面白い。一条院の御時（一条天皇の代）、奈良の八重桜を、ある人が中宮彰子に献上した。そこに居合わせた女房の一人、紫式部が、桜の取り入れ人（受け取り役）を、宮中にあがったばかりの伊勢大輔に譲ったところ、それを聞いた道長が伊勢大輔に、こういうときには黙って受け取るものではない、歌を詠めとおっしゃったので、この歌を詠んだということらしい。

伝統的な詩歌創作は、儀式など何らかの機会に行われる場合も多い。これは日本に限ったことではなく、オケーショナルポエム（機会詩）として、広く存在する概念だ。機会をとらえて巧みに歌い、場に華やぎと聖性をもたらす。この歌も、その目的を十二分に果たしたことと思う。

いにしえ「の」奈良「の」都「の」と、「の」の重なりがリズミカルだが、言葉の重なりが、八重桜という花びらの重なりとも一致して、華やかなイメージの相乗効果を呼び込んでいる。

伊勢大輔の生没年は未詳。大中臣能宣朝臣（四十九番の作者）の孫。父は伊勢の祭主を務めた、正三位神祇伯《じんぎはく》大中臣輔親《すけちか》。代々、歌人の続く家柄。中宮彰子に仕えたので、紫式部や和泉式部など、多くの女房たちと交流を持った。後に高階成順《なりより／なりのぶ》と結婚した。

62

夜《よ》をこめて鳥の空音《そらね》ははかるともよに逢坂《あふさか》の関《せき》はゆるさじ

清少納言《せいせうなごん》

出典『後拾遺集』雑

まだ夜の明けない深夜のうちに
あなたは　鶏の声をまねて
わたしをだまそうとしていらっしゃる
かつて中国の孟嘗君《もうしょうくん》が
そうして函谷関《かんこくかん》をひらき
逃げおおせたように
だめですよ
人と人とが出逢う　逢坂の関は
そうはいかない
開きませんからね

歌を読むだけではよくわからない。『後拾遺集』にある詞書や、『枕草子《まくらのそうし》』を読むと、この歌の背景に、中国の『史記』に記された故事が踏まえられていることがわかる。

かつて、斉《せい》の王族、孟嘗君が秦《しん》に招かれるも、殺されそうになって函谷関まで逃げさて、ところがこの関所は、朝、鶏が鳴くまで開かない。そこで食客《しょっかく》（貴族たちが、才能を見込んで養っていた者）の一人が鳴き声をまねたところ、関が開いて無事逃げおおせたという。この故事を踏まえて、清少納言が歌をやりとりした相手は藤原行成。行成はあるとき、行成が清少納言と語らううち、話がはずんで夜が更けてしまった。行成は「明日は内裏の物忌なので」と腰をあげたが、話し足りない気持ちが残っていたようで、翌朝、まるで後朝のような感じで、「今日は名残惜しい気持ちだ。夜を通して、ずっと語り合っていたかったのに、鶏の声にせきたてられて……」と文を寄越した。清少納言はとっさに、「夜に聞こえたというのは、孟嘗君の故事に書かれている、函谷関の鶏の声のことかしら」と返すと、「いやいやこれは、あなたと逢った逢坂の関のことですよ」と面白がって返してきた。そこで、さらにこの歌を詠んで、行成の申し出をきっぱり拒絶したということだ。

清少納言と行成は、いわば異性の友達で、恋人ではなかったらしいが、行成はあえてそのふりをしてからかい、清少納言も、そのふりをして拒絶している。そう読んでいいだろうか。背景にある中国の故事についての知識を両者が共有していて、それを踏まえて応酬する知的なやりとりこそを楽しんでいる。頭脳的な歌で、いかにも清少納言らしい。

清少納言（生没年未詳）は、清原元輔（四十二番の作者）の女。曾祖父が清原深養父（三十六番の作者）。最初、橘則光《のりみつ》と結婚したが後に離別し、一条天皇の中宮定子に仕えた。宮廷での日々は『枕草子』に活き活きと綴られている。定子亡きあとは宮仕えを退いた。藤原棟世《むねよ》と再婚、小馬命婦《こまのみようぶ》を産む。晩年は不遇だったとも伝えられている。

63

今はただ思ひ絶《た》えなむとばかりを人づてならでいふよしもがな

左京大夫道雅《さきやうのだいぶみちまさ》

出典『後拾遺集』恋

今となっては　ただ
この思いを　絶ちきるしかない
それだけを
せめて最後は

人づてでなく
直接　会って言いたい　あなたに
ああ　その手立てが　あったならば

別れることは、どうやらすでに決定している。せめてそのことを直接言いたいが、それすらできないという状況に、この作者は置かれているようだ。恋情は屈折し、暗くこもりながら、一層燃え立つようである。どんな事情があったのか。

恋の相手は、三条院《さんじょういん》（六十八番の作者）の女、当子《とうし》内親王。『後拾遺集』の詞書には、伊勢の斎宮《さいぐう》わたりから退出して宮中に戻っていた当子内親王のもとへ密《ひそ》かに道雅《みちまさ》が通っていたことを、三条院が知って激怒し、内親王に守目《まもりめ》（警護）などをつけさせたために、通うこともできなくなって詠んだとある。伊勢の斎宮とは、古代から後《ご》醍《だい》醐《ご》天皇の時代まで続いた慣習で、一人の天皇が在位しているあいだ、その天皇の未婚の皇女などが伊勢神宮に奉仕した。穢《けが》れがなく清らかであることが前提だったようだ。三条院は、時の権力者、藤原道長によって退位させられ、それにともなって、当子内親王も、神にお仕えする身を解かれて戻ってきていた。身分の違いもあり、父は娘の恋愛沙汰を許さず、二人は仲を引き裂かれた（『栄華物語』）。行き場のない思いが中空をさまよい、そこからこうして悲歌が生まれたのだろう。

左京大夫《さきょうのだいぶ》道雅、藤原道雅（九九二年〜一〇五四年）は、内大臣藤原伊周の子。伊周は、叔父・藤原道長との政治争いに敗れ、道雅が幼いころから一家は政治的に不遇だった。

娘との恋愛を禁じた三条院も、退位の翌年に崩御、尼となった当子内親王も、数年後には若くして亡くなる。すさんだ荒々しい生活ぶりから「荒三位《あらさんみ》」「悪三位《あくさんみ》」などと呼ばれた道雅も、後半生は出世もあきらめ、風流人となって歌合を主催したことなどが伝えられている。

64

朝ぼらけ宇治《うぢ》の川霧《かはぎり》たえだえにあらはれわたる瀬々《せぜ》の網代木《あじろぎ》

権中納言定頼《ごんちゅうなごんさだより》

出典『千載集《せんざい》』冬

しらじらと

夜があける
宇治川の
川面　濃く漂う朝霧も
次第次第に　払われて
そのとぎれ間から
現れわたる
瀬々の網代木《あじろぎ》

言葉によって、眼前に風景が立ち現れてくる。そのことの不思議さに改めて心打たれる。晩秋から冬にかけての、冷え冷えとした明け方の宇治川。白く煙るように川霧がたちこめている。気温はひくい。霧が動き、途切れ途切れになったそのあいだから、次第に隠れていた風景が現れる。氷魚《ひお》をとるために、草木で編んだ網代というしかけが見える。網代木とは、その網代を支える杭のことだ。主観の入らない静かな叙景歌だが、一枚の絵のように、固定された風景を詠ったわけではない。ここでは風景が動いている。言葉とともに霧が流れ、時が流れ、その向こうに、網代木という「奥行き」が描かれたことで、風景は三次元の空間にふくらんだ。ただ「あらわれる」のではない。「あらわれわたる」。広い範囲にわたって、ぼんやりと広がりながら見えてくるのだ。水彩画の手法でいえば、水をたっぷり含ませた筆で、ごく薄く色を伸ばす感じが、この「わたる」にある。

朝ぼらけ、あらはれ、あじろぎ、と、「あ」の音が、あいだを置きながら、飛び石のようにつながっていく。そこにもまた快感がある。

権中納言定頼（九九五年〜一〇四五年）は、大納言公任（五十五番の作者）の子。小式部内侍（六十番の作者）をからかって、歌でやりこめられたのがこの定頼だ。

65 恨《うら》みわびほさぬ袖《そで》だにあるものを恋《こひ》に朽《く》ちなむ名《な》こそ惜《を》しけれ

相模《さがみ》

出典『後拾遺集』恋

あのひとのつれなさを恨み
涙で

乾く間もないこの袖ですら
朽ちることなく　こうしてあるというのに
恋の浮名に流され
朽ち果ててしまうだろう
わたしの名
真に惜しいのは
こちらのほうです

「……袖だにあるものを」の部分で、解釈が分かれてきた。通説となっているのは、「乾く間もない袖が朽ちてしまうことも惜しいのに、ましてや自分の名前が、恋にまつわることで世間の人々の口にのぼり、朽ち果ててしまうのは惜しいことだ」というもの。「だに」というのが、軽いものをまずあげて、それですら〜なのに、ましてや、というふうに、重いものを対比させる言い方であることが根拠になっている。

もう一つの解釈に、「乾く間もない袖すら（朽ちることなく）こうしてあるというのに、我が名のほうが、容易に朽ちて忘れさられてしまうのが惜しい」とするものがある。

わたしは後者の読みが捨てがたく、ここではそれに拠《よ》って訳した。袖というのは目に見える「物」だが、ここにいう我が名の名とは、名声や評判といった、その人がその人であるところの、人格のようなものを背負わされた抽象的なものだ。

袖は涙で汚れ、ぼろぼろになっても、かろうじてブツとしてここに残っている。しかし名前のほうは、世間の人々のうわさにまみれ、汚されて、醜く朽ち果て、あげくのはてに忘れられる。たとえぼろぼろでも、「在る」ことの迫力を見せつけられたほうが、浮名のはかなさが一層際立ち、哀しみも深く感じられる。袖すら惜しい、まして我が名は、となると、我欲が見え、だいぶ現世的な歌になるのではないだろうか。

ちなみにこれは、「永承《えいしょう》六年内裏歌合」にて詠まれた歌。

相模（生没年未詳）は、源頼光《よりみつ》の女（養女だったという説もある）。父頼光は武勇に優れていたようで、妖怪征伐の題材として、能「土蜘蛛《つちぐも》」などに登場する。相模守大江公資《きんすけ／きんより》と結婚し、相模と呼ばれた。後に離婚し、一条天皇皇女・脩子《しゅうし》内親王、後朱雀《ごすざく》天皇皇女・祐子《ゆうし》内親王に仕えた。

66

もろともにあはれと思へ山桜《やまざくら》 花よりほかに知る人もなし

大僧正行尊《だいそうじやうぎやうそん》

出典『金葉集』雑

山桜よ
おれがおまえを思うように
おまえもおれに
思いをかけてくれ
花よりほかに
おれのこころを知るものなど
いないのだから

大峯《おおみね》にて思いもかけず桜の花の咲いているのを見て詠んだという詞書がついている。作者の大僧正行尊《だいそうじょうぎょうそん》は、大峯山で修験道の修行を積んでいた。人の姿も見当たらない深い山奥、孤独な修験僧が、一本の山桜の木に出会ったときの震えるような感動、それが歌からにじみ出てくる。まるで山自身が見ている夢のように、ひっそりとそこだけに咲いていた山桜。ソメイヨシノとは違い、野山に自生する山桜には山桜ならではの魅力があっただろう。群生した桜でなく一本の桜と思うのは、桜と人も「出会う」からだ。相手が言葉を持たない植物だからこそ、「あはれ」は深い。そしてこの「あはれ」という言葉には、実にさまざまな感情が込められていると思う。懐かしさや愛情、哀しみ、愛惜の念……。「思へ」という男性的な命令形が、思いのほか、深い余韻を広げる。この山桜には、古い女房にも似た、同志のような清々しさがある。りりしい色気が香る、男性的かつ繊細な名歌である。

大僧正行尊（一〇五五年〜一一三五年）は、三条天皇の皇子、敦明《あつあきら》親王の孫。参議源基平《もとひら》の子。十二歳のころ園城寺《おんじょうじ》に入って修行し、山伏（修験者）として諸国をめぐった。

なお、現在、ユネスコの世界遺産として、紀伊山地の霊場と参詣道が指定されているが、具体的には、和歌山県・奈良県・三重県にまたがる三つの霊場（吉野・大峯、熊野三山、高野山）と参詣道（熊野参詣道、大峯奥駈道、高野山町石道）である。いずれも自然信仰の栄えた霊的な場所で、このうち、大峯山には現在でも女人結界門という門が建てられていて、そこから先、女性は入山できないそうだ。

67

春の夜《よ》の夢ばかりなる手枕《たまくら》にかひなく立たむ名こそ惜《を》しけれ

周防内侍《すはうのないし》

出典『千載集』雑

御簾《みす》の下から　あなたが差し入れた
戯れの手枕に立つ浮名
わたしにしてみれば惜しいことです
春の夜
つかの間の夢に宿るほどの
はかないできごとでしたのに

『千載集』詞書に、「二月のころ、月の明るい夜、二条院《にじょういん》にたくさんの人々が夜をあかして物語などしていたときに、周防内侍《すおうのないし》がものに寄りかかって、あゝ枕があったらなあ、としのびやかに言うのを聞いて、大納言忠家《ただいえ》が、これを枕にどうぞと、自分の腕を御簾の下から差し入れたので、詠んだ」とある。背景を知ると、一首がにわかにコミカルに見えてくる。

その場におおぜいがいるなかで夜明かしをしていたのだから、半分ふざけたやりとりだったのだろうが、腕を差し出した男の本当の気持ちはわからない。もしかしたら下心があったかもしれない。が、受け取ったほうの作者は相手にしていない。春の夜は短い。その短い夢に宿るほどのたわむれだったと冷静に判断している。「腕《かひな》」と「甲斐《かひ》なく」が掛詞。歌の上の句は春の夜の夢、手枕、腕と、いかにもロマンチックな道具立てが揃っているのに対し、下の句では、甲斐なく立つだろううわさは残念だわと、夢に現実の釘《くぎ》を打っている。

歌の可笑《おか》しさに、御簾という道具も効果的な力を貸している。御簾があるから、姿も顔も見えない。ただ腕だけが、独立したイキモノであるかのように、ぬっと差し出された。その図だけでも、十分に可笑しい。こうした男女のユーモラスなかけひきは、誰もが歌にできるわけではない。『百人一首』というアンソロジー全体を、貴重な明るさで支えている一首だ。

周防内侍（生没年未詳）は、周防守平棟仲《むねなか》の女。後冷泉天皇に仕え、その後、後三《ごさん》条《じょう》、白河《しらかわ》、堀河《ほりかわ》天皇にも仕えた。

68

心にもあらでうき世《よ》にながらへば恋《こひ》しかるべき夜半《よは》の月かな

三条院《さんでうのゐん》

出典『後拾遺集』雑

わたしの心とは
違うけれど
もし　長く　生きながらえることになったならば
懐かしく　恋しく
思い出すことだろう
今夜　こうして見ている　月を

深い心情が汲み上げられた、哀切で、しかも哲学的な歌だ。早く死んでしまいたいと思っているようだが、こういう歌こそ、背景が知りたい。『後拾遺集』詞書には、病気（眼病）のために譲位を決意したとき（一〇一五年ころ）、明るい月を眺めて詠んだとある。三条院は絶望のなかにいたようである（『栄華物語』）。

本意ではないが、長く生きながらえたとして、その未来のある日に、今日この月をきっと恋しく思い出すだろうよ、という。複雑な視点が表現されているが、現代人でも、ふとこのような心境に陥ることはある。「現在」が幸福にみちあふれていても、悲劇のただなかにあっても、ふとその「今」が宙に浮き、自分の身から離れ、そこにそれを、未来から眺める視線が入ってくる。改めて考えると、不思議な心の動きである。月を恋しく思い出すだろうとあるが、月と同時に、月を眺めていた当時の自分を思い出すということである。少なくとも未来には、辛い「今」を通過した自分がいる。長生きは本意ではないと言いながら、未来の自分に、何かを託したいという思いがあったかもしれない。

月を見上げる作者の孤独と、歌を読む読者の孤独が響きあい、月光の美しさが、しんしんとしみてくる。

三条院（九七六年〜一〇一七年）は、冷泉天皇の第二皇子。母は藤原兼家の女、超《ちょう》子《し》。一〇一一年に第六十七代天皇に即位するが、在位中、内裏が二度も焼けるなど、不運にみまわれた。藤原道長の圧迫により、一〇一六年に譲位すると、そのあとに即位したのは、道長の女、彰子の産んだ後一条《ごいちじょう》天皇だった。

69
嵐《あらし》吹く三室《みむろ》の山のもみぢ葉は龍田《たつた》の川の錦《にしき》なりけり

能因法師《のういんほふし》

出典『後拾遺集』秋

三室の山に　嵐吹き
もみじ葉が
いっせいに　音たてて　散り乱れる
金糸　銀糸　紅の糸
川の流れに
織りあげられた
見事な秋の錦である

山の紅葉が吹き下ろす嵐に運ばれ、川の面に錦を織る。言葉で描いた一枚の絵だ。川がゆるやかに流れているとすれば、その動きの進行につれ、帯のように、錦が織られつつある状態ということになる。実際に見たなら、誰もが賛嘆の声をあげるだろう。あでやかな風景だが、こうして一首に収まってみると、やや出来すぎ、決まりすぎの風景で、型にはまった感じがなくもない。『後拾遺集』詞書によれば、永承四年内裏の歌合で詠んだもの。なるほど、実景を見て詠んだわけではないようだ。三室の山の紅葉が龍田の川に散り落ちるなんてことは、地理的にもあり得ないという批判があったというが、能因法師にしてみれば、山から川へと風によって運ばれ下降する紅葉の、劇的な運動を詠み込みたかったのだろう。その紅葉がさらに川面に錦を織るというのだから、この紅葉、ちょっと「働きすぎ」だとわたしも思うが、頭のなかには鮮やかな光景が立ち現れる。見事なイメージの操作といえる。この作者、和歌については一家言あり、歌枕にも関心を持ち、歌学書『能因歌枕』があるほどだから、写生よりも言葉の働き＝創作そのものに意識的な人だったのかもしれない。そしてアンソロジーには、いつだって、こういうあでやかな一首が必要とされた。

三室の山は、大和国（奈良県）生駒《いこま》郡斑鳩《いかるが》町にある神奈備山。龍田川は三室の山のふもとを流れる紅葉の名所。どちらも和歌によく登場する歌枕。
能因法師（九八八年〜没年未詳）は、俗名・橘永愷《ながやす》。二十六歳のころ出家。諸国を行脚、「数寄」という言葉で表現される、風流に賭けた生き方を貫いた風狂の歌人。

70
さびしさに宿《やど》をたち出《い》でてながむればいづくも同《おな》じ秋の夕暮《ゆふぐれ》
良暹法師《りやうぜんほふし》
出典『後拾遺集』秋

あまりのさびしさに庵を出て
ぐるり　あたりを眺めわたした
なにもない
誰もいない
どこもかしこも
さびしさだらけ

秋の夕暮れが
ただぼうぼうと　ひろがっていた

都から離れた鄙《ひな》の庵に、独居する法師の姿が浮かんでくる。

さびしい、と感じるのは自分の心だが、家の外に出てみたら、外もさびしい。まるでそこに自分の心があるように。するともう、内面も外面もないことになる。詠み手の自我は透明で、ごく自然に外側の自然に溶け出し、地続きのものとして広がっている。もはや、さびしさはおのれだけのものではない。

「いづくも同じ秋の夕暮」とはさりげない言い方だが、実に卓抜な哲学的発見ではないか。

なお、秋の寂寥感を一つの美として全身で味わおうとする態度は、後の『新古今集』に至るとさらに深まりを見せる。次の三首は、『新古今集』に収められた、いわゆる「三夕の歌」。

さびしさはその色としもなかりけり槙《まき》立つ山の秋の夕暮　寂蓮法師
心なき身にもあはれは知られけり鴫《しぎ》立つ沢の秋の夕暮　西行法師
見渡せば花ももみぢもなかりけり浦の苫屋の秋の夕暮　藤原定家

良暹法師《りようぜんほうし》の歌と比べると、いずれも「夕暮れ」の焦点が絞られているせいで、「さびしさ」の角度が鋭く感じられる。
良暹法師の生没年は未詳。比叡山《ひえいざん》の僧で、祇園社《ぎおんしや》（現・八坂《やさか》神社）の別当（祇園社を統括する役目）となった。大原にこもったことがあるらしく、この歌はそのころに詠まれたものではないかといわれている。

71

夕《ゆふ》されば門田《かどた》の稲葉《いなば》おとづれて蘆《あし》のまろやに秋風ぞ吹く

大納言経信《だいなごんつねのぶ》

出典『金葉集』秋

ゆうぐれになると
風がたつ
門前の田に　生えた稲葉に
さやさや　かさかさ

音がたつ
風はここ
蘆葺きの小屋にも渡ってきて
ここかしこに　秋の音

風それ自体にも摩擦音はあるが、風が何かに触れ、何かとぶつかったとき、見えないはずの風が見える。ああ、風がたったと思う。風の音は、古今東西の詩人たちの詩心をかきたてるものだった。風の音にはまた不思議な作用があって、それを耳にした者を、一瞬、がらんどうにしてしまう。まるで身体のなかに風が通ったかのように。

秋といえば、紅葉をあでやかに歌ったものもあるが、目を奪う分、常套《じょうとう》にも流れやすい。このような歌は地味だけれど、じわじわと心に染みこみ、いつまでも忘れられない。『金葉集』の詞書によれば、作者の一族である源師賢《もろかた》の梅津《うめづ》にあった別荘に人々が集い、田家の秋風をテーマに詠んだ、ということだ。

「夕されば」という言葉は美しい。この「さる」とは通常、離れていくことだが、季節や時の述語として使われる場合には、移りゆくことを意味する。現代語に訳すと「来る」とか「なる」。近づいたり、向こうから来る場合などに使われた。「おとづる

（訪づる）」という言葉もチャーミングだが、「訪問する」「手紙で様子をたずねる」などのほかに、音をたてるという意味があった。他者に関わっていくこととは、すなわち世界に音をたてることなのだと考えてみるのも面白い。「まろや」とは粗末な仮小屋。蘆のまろやに吹いた風、どんな音だっただろう。想像するだけで、頭のなかに風がおきる。

大納言経信、源経信（一〇一六年〜一〇九七年）は、詩歌だけでなく、管絃に優れ、有職故実《ゆうそくこじつ》などにも詳しい多才な人だった。宇多天皇の皇子や親族を祖に持つ宇多源氏。道方《みちかた》が父。

72　音《おと》に聞く高師《たかし》の浜《はま》のあだ波はかけじや袖《そで》のぬれもこそすれ

祐子内親王家紀伊《いうしないしんわうけのきい》

出典『金葉集』恋

噂に高しの高師の浜の

浮気心のあだなみは
(あなたのことですよ)
袖にはかけまい
心にも
涙で
袖を濡らすことになるもの

「高師の浜」の「高し」には、音に聞く——評判が高いの「高し」が掛けてある。ほかにも、波と涙、波をかけじと思いをかけじなど、意味と音とが掛けあわされ、波に恋心が織り込まれている。堀河院艶書合《けそうぶみあわせ》で詠まれた歌だ。堀河天皇が崩御する五年前、一一〇二年に行われた歌合で、男性から送られた恋歌に、女性が応え(返歌)、虚構の恋歌を競い合った。この歌と番《つが》ったのは、中納言俊忠《としただ》の次の歌。

人知れぬ思ひありその浦風に波のよるこそいはまほしけれ
(人知れぬ思いがあるのです。荒磯の浦風が吹いて波が水面に寄るように、あなたにこの思いを夜、告げに行きたいのです。)

男性の求愛をいったんは拒絶するのが、王朝の恋愛パターン。艶書合などでも、約束事に則《のっと》って恋愛を演技する。この歌には、男性の浮気ごころを半分いさめながらも、半分は誘いに応じ、さらにこちらからも誘惑するという感じが漂っている。そのこともまた、前提の約束だとしても、和歌独特の、言い切らずに逃走する表現方法が余韻となって、誘惑のモードを創りだしているといえる。読むとこれは、ほとんど求愛を受け入れているのではないかと見えてしまう。言葉が自分を裏切っている。日本の恋歌は興味ぶかい。

なお、この歌を詠んだとき、紀伊は七十歳くらいだったといわれている。一方、中納言藤原俊忠は、二十九歳くらいの計算になる。

祐子内親王家《ないしんのうけの》紀伊の生没年は未詳。経歴にも諸説があるが、後朱雀天皇の第一皇女祐子内親王に仕え、紀伊守藤原重経《きいのかみふじわらのしげつね》の妻とも妹も伝えられる。これらの経歴から、紀伊、あるいは一宮紀伊などと呼ばれた。母は紀伊と同様、祐子内親王家に仕えた、祐子内親王家小弁《こべん》。

73
高砂《たかさご》の尾上《をのへ》の桜《さくら》咲きにけり外山《とやま》の霞《かすみ》立たずもあらなむ

権中納言匡房《ごんちゅうなごんまさふさ》

出典『後拾遺集』春

高い山の
峰のいただきのあたり
遠く　桜が咲いたのだ
手前の山にかかる霞よ
どうか　漂うな
桜は桜　霞は霞
まぎらわせないでほしいのだ

遠近法で描かれた歌だ。「高砂」とは今の兵庫県高砂市をいう「歌枕」でもあり、松や尾上《おのえ》にかかる枕詞でもあるが、この歌では、普通名詞で高い山を意味するとの解釈が一般的だ。高い山の峰のてっぺんに桜が一群、咲いている。外山とは遠くの山ではなく、人里に近い低い山のこと。霞がたつと、遠くの桜が見えなくなってしまう。だから霞に、たたないようにと無理な願いをかけている。遠くの桜は、距離によってぼおっとかすむように見えるはずだから、霞がたつと、本来の桜とまざりあい、見分けがつかなくなってしまうだろう。

『後拾遺集』詞書によれば、内大臣藤原師通《もろみち》の家に人々が集い、「遥かに山の桜を望む」ことをテーマに詠んだとある。単なる桜ではなく、はるか遠くの桜が詠うべき題目だったという点は重要で、当時の人々には、桜と一口に言っても、実にさまざまな形態が念頭にあった。

表現されているのは、単純とも思える純朴な心のうごきだが、その心を包むのが、「尾上の桜」に「外山の霞」を配した、さりげない技巧である。額をまっすぐにあげた明るい作者の表情が見えてくる。「あ」の母音が響く歌で、このことは、あざとさのない明るい歌の印象に貢献しているだろう。「さわやか」「たけたかい」（格調高い）との評価もなされてきた。

権中納言匡房、大江匡房（一〇四一年～一一一一年）は大江成衡《なりひら》の子。大江匡衡と赤染衛門（五十九番の作者）の曾孫にあたる。後三条、白河、堀河の三代の天皇の侍《じ》読《どく》（天皇に仕えて学問を教授する）を務めた。幼少時より漢書、詩文に通じ、神童と伝わる。

74
憂《う》かりける人を初瀬《はつせ》の山おろしよはげしかれとは祈《いの》らぬものを

源俊頼朝臣《みなもとのとしよりあそん》

出典『千載集』恋

つれないあの人が
ふりむいてくれるようにと
たしかに初瀬、長谷寺の観音に祈ったさ
はげしく吹き荒れるやまおろしよ
しかし　おまえほどにも
こんなにも　身につらくあれと
あのとき　わたしは祈らなかったぞ

『千載集』詞書には、ある歌合で、「祈れども逢はざる恋」というのをテーマに詠んだとある。祈っても逢うことができない恋、相手がこちらにまったくなびかない恋。俊頼がそこへぶつけたのが、初瀬の山おろしという素材だった。

平安の貴族たちは、奈良県桜井市初瀬の長谷寺にある十一面観音に祈りを捧げ、現世のご利益を願ったらしい。とりわけ長谷寺は、恋の成就を祈願する寺として有名だった。長谷寺は山のなかにあり、そこから吹き降ろす風が山おろし。実際、どんな風だったのか知らなくとも、「山おろし」という言葉には、すでにして十分な迫力がある。なにしろ「おろし」、つまり下降する風というのだから、吹き上がる風より、風力に暗さがこもっている。

「憂かりける人」というのが意味をとりにくいが、つれなくて冷たい、無情な人ということ。長谷観音に願ったというのに、思う人はますます冷淡なそぶりをみせる。恋が成就しないからといって、何を恨んでも仕方がないが、相手への恨みを烈しい山おろしにずらし、山おろしに文句を言っているところが面白い。

本来ならば「憂かりける人を」で意味がひとまとまりとなるが、歌のリズムは、「憂かりける」で切れ、「人を初瀬の」と密着する。しかも「山おろしよ」として、山おろしに呼びかけている部分は、字余りである。この「よ」の取れた伝本もあるというが、あったほうが呼びかける対象とわかるし、面白い。こうした要素によって、歌に多少のひずみが生まれ、ぎくしゃくとした印象を残すけれど、むしろそこに、歌のエネルギーがこもっているのを感じる。

源俊頼朝臣（一〇五五年〜一一二九年）は、大納言経信（七十一番の作者）の三男。俊恵《しゅんえ》法師（八十五番の作者）は子。『金葉集』の撰者を務め、堀河院歌壇の中心となって活躍した。

75　契《ちぎ》りおきしさせもが露《つゆ》を命《いのち》にてあはれ今年《ことし》の秋もいぬめり

藤原基俊《ふぢはらのもととし》

出典『千載集』雑

約束してくださいましたね

させも草の歌の一句まで 示してくださって

草のうえの露のような

ありがたい　お言葉
それを命と　待っていたのです
なのにああ
今年の秋も
行ってしまうようです

わかる人にはわかるという歌で、外部の者にはちんぷんかんぷん。『千載集』の詞書を読んでみる。するとステージパパのような父親像が見えてくる。基俊の子、僧都《そうず》光覚《こうかく》が、維摩経《ゆいまきよう》を講ずる会（維摩会《ゆいまえ》）の講師という重要な役目を望んでいたのだが、たびたび選から漏れてしまっていた。そのため父の基俊が、法会の主催者、法性寺《ほっしょうじ》入道前関白太政大臣（七十六番作者・藤原忠通《ただみち》）に頼んだところ、忠通は、「なほ頼めしめぢが原のさせも草わが世の中にあらむ限りは」（『新古今集』釈教《しやくきよう》の歌）という歌を示し、その一句をもって「しめぢが原の」と答えた。清水観音の御歌として伝わるもので、つまりこの歌のように、わたしを頼りにしなさいと太っ腹なことを言ったというわけだ。それはいいのだが、結局、光覚は、その年も講師にはなれなかった。それで半ば恨んで、半ばため息まじりにこの歌を詠んだ、ということだ。子を思う親心だが、やや出過ぎた父親に見えなくもない。気持ちはわかる。「させもが露」の「させも」はさしも草のことで、五十一番の歌にも登場するが、よもぎのことである。その露とは、さしも草に宿った恵みの露、転じてありがたいお言葉という意味にもなる。「秋もいぬめり」の「いぬ」は「往ぬ」。「めり」は推量の助動詞なので、どうやら秋も行ってしまうようですよと、横目で皮肉まじりに眺めている感じが伝わってくる。

藤原基俊（一〇六〇年〜一一四二年）は右大臣俊家《としいえ》の子。七十四番の源俊頼同様、堀河院の歌壇を盛り上げた人物。源俊頼の新風に対し、藤原基俊は保守伝統の歌人として、両者は何かとライバル視され比較された。藤原定家の父、俊成に晩年、歌を教えた。

76　わたの原《はら》漕《こ》ぎ出《い》でて見ればひさかたの雲居《くもゐ》にまがふ沖《おき》つ白波《しらなみ》

法性寺入道前関白太政大臣《ほつしやうじにふだうさきのくわんぱくだいじやうだいじん》

出典『詞花集』雑

いざ
大海原に
舟を　漕ぎいだしてみれば
はるか遠方に
さざめく白波
雲かとおもう

風ひとつない晴れた日。大海原に漕ぎ出す。どこまでも続く紺青の海。平面的な二次元の風景に、はるか沖の白波が描かれ、雲との錯覚が添えられると、そこに距離と奥行きが生まれ、にわかに三次元の風景が立ち上がった。海はたぶん、どこまでも静かで変化がない。ゆえに白い波が、小さな「事件」のように感じられる。波が雲に見えるとは、わたしの経験にはないが、それくらい、遠方の風景ということか。遠くなればなるほど、海と空の境目はつかなくなる。「渺々《びょうびょう》」とか「縹渺《ひょうびょう》」（いずれも、果てしなく広い、遠く遥かなさまをいう）という漢語が連想される雄々しい歌だが、実際、作者は漢詩や書にも優れた才能を発揮し、漢詩集『法性寺関白御集』が残っている。晩年隠棲《いんせい》した法性寺から法性寺関白とも称せられたが、書にも優れ、開いた流派は「法性寺流」と呼ばれている。雄渾な書で、武士たちに広く流行し、その後、この流派は鎌倉時代を代表するものとなった。

『詞花集』の詞書には「新院位におはしましし時、海上遠望といふことをよませ給ひけるによめる」とあり、「海上遠望」というテーマのもと、歌合で作られた歌だとわかる。新院とは、このあと、七十七番の作者として登場する崇徳院《すとくいん》のこと。

法性寺入道前関白太政大臣、藤原忠通（一〇九七年〜一一六四年）は、忠実《ただざね》の子。九条兼実《くじようかねざね》・慈円《じえん》（九十五番の作者）らの父。

77
瀬《せ》を早《はや》み岩にせかるる滝川《たきがは》のわれても末《すゑ》に逢《あ》はむとぞ思ふ

崇徳院《すとくゐん》

出典『詞花集』恋

流れがずいぶん　速いものだから

岩にせきとめられ
こなごなになって　しぶきをあげる水
けれど　果てには合流し
ふたたび　一本の　川になる
別れたとしても
いつかはきっと逢う
わたしたちもまた　川のように

瀬とは浅い水。「滝川」とあるが、滝ではなく急な流れのこと（ちなみに、現代の「滝」を古語に探すと「垂水《たるみ》」ということになる）。一首のなかに激しい水の流れがある。その運動を、言葉から味わおう。ここでは「岩」がいわば恋の障害物という表情を持っている。障害があれば恋は燃え上がる。水をせきとめている頑固な岩に、水があたって砕け散り、またその先で合流しながら、一本の川となって流れ続けていく。そのように、あなたと別れても、いつかはきっと逢おうという決心の表明が、水の流れの切迫感とともに表現されている。思わず、読むほうも前のめりになって、急流に身体が同化する。「逢はむ」という言葉の強い調子も、瞬間にはじけ飛ぶ、流れの飛沫《しぶき》を思わせる。激しい水音が聞こえてくる、恋歌の傑作だ。

崇徳院《すとくいん》自らが歌人たちに作歌を命じ、自らも詠んだ、「久安百首《きゆうあんひやくしゆ》」のなかの一首。「久安百首」については、『百人一首』七十九番、八十番も参照。

崇徳院（一一一九年〜一一六四年）は、第七十五代の天皇。鳥羽《とば》天皇の第一皇子。母は待賢門院璋子《たいけんもんいんしようし》。保元《ほうげん》の乱では、弟の後白河《ごしらかわ》天皇に破れ、讃岐《さぬき》（香川県）の白峰《しらみね》に流された。世継問題が絡んだ院制下での権力争いに敗れ、父の鳥羽天皇からも疎まれた、不幸な上皇として多くの伝説に登場する。『雨月物語』「白峯」では、崇徳院の御陵（お墓）を訪れた西行《さいぎよう》が、読経し歌を奉ると、それに返歌しようとして崇徳院の亡霊が現れ、自らの恨みを縷々《るる》物語る。

78

淡路《あはぢ》島《しま》かよふ千鳥《ちどり》の鳴く声に幾夜《いくよ》寝覚《ねざ》めぬ須磨《すま》の関守《せきもり》

源《みなもとの》兼昌《かねまさ》

出典　『金葉集』冬

淡路島から
海　渡り
はるばるやってくる千鳥たち
あの物悲しい鳴き声に
須磨の関守は
幾夜　寝覚めたことだろう

「関路千鳥」という題を与えられ作ったものだ。関路とは関所に通じる道。季節は冬。荒涼とした海風に乗って、千鳥たちが暗い海を渡ってくる。作者は須磨に旅をしたという設定のもと、宿の床に横になりながら、千鳥の鳴く声を聞き、かつて須磨の関を守っていた関守に思いをはせているという状況を詠んでいる。須磨が選ばれたのは、『源氏物語』「須磨の巻」が念頭にあったからだと考えられている。須磨に隠棲した光源氏が、その地で詠んだ歌が、「友千鳥諸声に鳴く暁はひとり寝覚めの床もたのもし」。千鳥がたくさん鳴いていたから、独り寝の寝覚の夜明け方も心強いということ。都落ちを自ら選んだ光源氏の孤独な心境は、歌に詠まれた須磨の関守と重なるところがある。ここには、様々な人の様々な孤独が重なり合って響いている。

淡路島は兵庫県神戸市の須磨の西南に位置し、そこから渡り鳥である千鳥が渡ってくる。鳥の声というものは実に純粋で、言語の意味で汚されていない分、それを聴く人間たちのそれぞれの感情に寄り添い、深いなぐさめを与えてくれる。鳴き声と鳴き声のあいだの空白に、大きな愁いが吸い込まれていくようだ。

源兼昌の生没年は未詳。父は美濃守俊輔《としすけ》。従五位下皇后宮少進《こうごうぐうしょうしん》の官位に至るも、後に出家した。

79　秋風にたなびく雲の絶《た》え間《ま》よりもれ出《い》づる月の影のさやけさ

左京大夫顕輔《さきやうのだいぶあきすけ》

出典　『新古今集』　秋

秋の風が吹き
雲　たなびき
その切れ間から

もれいづる　月の光
くっきりと　地上を照らす
その静けさ
そのきよらかさ

秋の風に動かされた雲が、横にたなびき、その間から、月が現れ地面を照らす。「月の影」とあるが、月の光のこと。古語辞典をひくと「影」の原義は「光り輝くもの」とあって驚く。

さてここでは、光がただ射し込むのではなく、雲の動きによって、不意に射し込むところが面白い。「もれ出づる」という光の射し方には、読むほうの心の奥にまで届きそうな気配がある。「さやけさ」という言葉にも、汚れをふりおとすような清潔さがあって、人間の罪を浄化してくれるかのような宗教性が感じられる。月光というものにはそもそもさびしさがあるが、ここに表された光には、それを受け止め、見上げる人の、まなざしの明るさが感じられる。

『新古今集』詞書には、「崇徳院に百首の歌たてまつりけるに」とある。崇徳院は、自分のほか、十三人の詠み手に命じ、各自百首の「久安百首」を作らせた（近衛《このえ》天皇が治めた久安の時代に成立したので、その名がある)。七十七番の崇徳院の一首も自ら詠んだその一つだ。この歌もまた、もとは「久安百首」にみえ、そこでは「たなびく雲」が「ただよふ雲」とあった。微妙な差異だが、「ただよふ」では雲がストップしてしまう。「たなびく」でようやく雲が動く。やはり「たなびく」で決まる歌ではないだろうか。

左京大夫顕輔、藤原顕輔(一〇九〇年〜一一五五年)は、歌道流派の一つである六《ろく》条《じょう》家(六条藤家とも称する)の祖、藤原顕季《あきすえ》の三男。父を継ぎ、歌壇で活躍した。崇徳院からの命を受け、『詞花集』の撰者となった。

80 長《なが》からむ心も知らず黒髪《くろかみ》の乱れて今朝《けさ》は物をこそ思へ

待賢門院堀河《たいけんもんゐんのほりかは》

出典 『千載集』恋

ずっと変わらないよ という

あなたの　こころが
わたしには　まるでわからない
乱れに乱れた
今朝の黒髪
そのように
わたしはいま
思い乱れて　もの思うばかり

言葉が連綿と糸を引き、連なっていく一首である。どこで切るか、ちょっと迷う。言葉が言葉へかぶさっていく。一本の、長い髪の毛のような歌だと思えばいい。歌い出しの、「長からむ心」の意味がとりにくい。「む」を推量の助動詞と考え、ずっと長く変わらないだろう、あなたの心ととってみるのが通説だが、変わらないと規定している根拠がよくわからない。「長からむ」と男が書いてきたか、女に言ったと想像すると、少し通りがよくなる。つまり、ずっと変わらないよとあなたは言った（書いてきた）けれど、そんなことを言うあなたの心が、わたしにはわからない（心も知らず）のだ、ということになる。

黒髪が寝乱れている朝なので、後朝の歌だとわかる。わたしの思いは、すべて黒髪が、黒髪の乱れが代弁している。かなりの長さであろうと思われるから、自分を蛇のように取り巻く黒髪を、女は他人のもののように、つくづく眺めただろう。そうして我が身の業の深さに、ちょっとため息をついたかもしれない。

七十七番、七十九番の歌同様、「久安百首」のなかの一首。

待賢門院堀河の生没年は未詳。神祇伯《じんぎはく》源顕仲《あきなか》の女。はじめ白河院皇女令子《れいし》内親王に仕え、後に待賢門院藤原璋子に仕えて堀河と呼ばれる。待賢門院の出家に伴い、自らも出家した。

81

ほととぎす鳴きつる方《かた》をながむればただ有明《ありあけ》の月ぞ残れる

後徳大寺左大臣《ごとくだいじのさだいじん》

出典『千載集』夏

暁に

ほととぎすを聴く
声のするほうを探してみるが
鳥の姿は　どこにもない
そして空には
ただ有明の月

ほととぎすの鳴くほうを見たら、有明の月が残っていたという、ただそれだけを詠った歌だが、作り手の「流れる視線」がとてもリアルに感じられる。

ほととぎすの声だけがして姿が見えないというところが面白い。声に導かれそのほうを見ると、期待されたほととぎすの姿はなく、その空漠を満たすように月が在った。この月の見え方には、目から入って身体をすみずみまで満たすような、十全な感じがある。ここでは聴覚から視覚への転換がなされている。鳥の鳴声という動きのあるものと、残月という固定したものの取り合わせによって時間の推移が表現された。

ほととぎすは初夏から秋にかけて日本に生息する。季節を告げる鳥として、和歌にはしばしば取り上げられてきた。鳴き声はリズミカルでとても美しい。

後徳大寺左大臣、藤原実定《さねさだ》（一一三九年〜一一九一年）は、定家の従兄《いとこ》にあたる。

祖父の徳大寺左大臣実能《さねよし》と区別するために、後徳大寺と呼ばれたという。管絃の才にも恵まれた。父は右大臣藤原公能《きんよし》。母は権中納言藤原俊忠の女、豪子《ごうし》。

82
思ひわびさても命《いのち》はあるものを憂《う》きに堪《た》へぬは涙なりけり
道因法師《だういんほふし》
出典『千載集』恋

我が身をほろぼしてしまいたい
と思うほどの
辛い恋
とはいえ　命は
かろうじてある
こらえ性がないのは
我が涙だ

耐える　ということなしに
ただ　ぼうぼうと溢《あふ》れ止まない

「思いわぶ」とは現代語にない美しい古語。思い哀しむこと、哀しみに暮れること。「さても」の「さ」は、「思いわび」を指し、そんな状況にあってもやはり、という意味を作る。この歌では、「命」と「涙」が対比的に置かれているが、この二つ、そもそも比べられるものではない。命のほうがずっと重いのだから、頭で考えると、よくわからなくなる歌である。が、説得されてしまうのは歌の流れが読者を強引に運ぶせいだろう。

わたしはこの歌を、いまなお、ここに「わたし」があることの驚きがもたらす切なさと読んでみた。恋に思い悩み、身を切られるほどの辛さを味わったところで、そのことによって死ねるわけもない。自分で絶ち切らない限り、肉体はしぶとくこの世に踏みとどまる。一方、涙は抑えようとしても、理性をはずれてあふれてしまうもの。命というものの図太さに比べ、涙はいかにも、弱くたやすく、こらえ性がない。とはいえ涙は「心のあふれ」である。そして心とはこのように、奔放に「我」を越えてゆくものなのだ。泣こうとして泣けるものではなく、涙は「わく」もの、「あふれでる」

もの。意識が流すものでなく、我知らず流れることで、我が命を深くなぐさめてくれる。さらにここに老いのわびしさを添加して読んでみれば、いまなおこうして生き長らえている自分自身に、生きることの切なさを深々と感じとっている男の姿が見えてくるだろう。

道因法師《どういんほうし》(一〇九〇年~没年未詳)は、俗名・藤原敦頼《あつより》。治部丞藤原清孝《きよたか》の子。母は長門守《ながとのかみ》藤原孝範《たかのり》の女。承安《じようあん》二年(一一七二年)、出家し道因を名乗る。歌の道に深い執念を持っていた人らしく、『無名抄《むみようしよう》』には、「この道に心ざし深かりしことは、道因入道並びなき者なり」と書かれている。七十、八十になっても「秀歌詠ませ給へ」と住吉神社に詣で、ある歌合では負けたのが悔しく、涙を流し判定を恨んだり、あるいは九十になって耳が遠くなっても、歌会では講師のそばへ分け寄って耳を傾けたなど、熱いエピソードが残っている。

83 世の中よ道こそなけれ思ひ入《い》る山の奥《おく》にも鹿ぞ鳴くなる

皇太后宮大夫俊成《くわうたいごうぐうのだいぶしゆんぜい》

出典『千載集』雑

ああ憂き世
辛くとも
ここから逃れる法はない
おれ
思いつめて　山に入れば
山の奥では鹿が鳴く
鹿よ　おまえもか

「世の中よ道こそなけれ」――この世の中には逃れる道はないと言い切っている潔さ。二十代後半で作った、いわゆる「述懐百首《じゅっかいひゃくしゅ》」のなかの一首である。老成した思いを書き留めている。濁世《じょくせ》に嫌気がさし、思い入って山の奥へ入ってみると、そこには鹿がいて、哀切な声で鳴いている。人間の言葉を持たぬ鹿ゆえに、対峙《たいじ》したとき、純粋なかたちで孤独と孤独とが触れ合った。時は平安末期。時代の無常感は、俊成のなかにも及んでいたのだろうか。歌が作られたのと同じころ、西行（八十六番の作者）が謎の出家をとげているが、そのことをこの歌に重ねて指摘する研究者もいる。そのとき西行もまた、まだ二十代だった。ちなみに俊成自身が出家したのは六十三歳のときである。
皇太后宮大夫《こうたいごうぐうのだいぶ》俊成、藤原俊成（一一一四年〜一二〇四年）は、定家の父。歌壇の大御所。病を患い、出家。出家後の法名は釈阿《しゃくあ》。後白河院の命により『千載集』の撰者となった。

84
長《なが》らへばまたこのごろやしのばれむ憂《う》しと見し世ぞ今は恋しき

藤原清輔朝臣《ふぢはらのきよすけあそん》
出典『新古今集』雑

この先も長く生きたのなら
いつか　今を
懐かしくふりかえることもあるだろう

無常な世の中だと思ったあのころですら
すぎさってみれば
こうして懐かしいのだから

作者はおそらく、何らかの事情で辛い「今」を抱えている。けれど、昔だって同じように辛いことがあった。それでも過ぎ去ってみればこうして懐かしい。だから、大丈夫。そういうふうにつぶやきながら、自分を自分ではげまし、述懐している。

それにしても、ここには不思議な時間感覚の操作が書き留められている。作者が存在している「今」は、「過去」との対比においては確かに「現在」だが、「未来」のほうから見れば、すでに「過去」と呼ばれる時間である。作者はそのことに気づいたのだ。そして「今」にいて「今」を嘆くのではなく、「未来」に自分の身を置き、「今」を振り返るという視点を得て、今の辛さを軽減した。智恵が詩となった瞬間である。

このように考えてくると、「今は恋しき」という言い方に、一層、深い感慨がわく。今となってみれば過去が恋しいのではない。すでに「今」という時間が恋しいのだ。

こんなふうに「今」をとらえることができたのなら、そのひとは幸い人《びと》である。幸福とはおそらく、このような視点の転換によってもたらされるものだろう。

藤原清輔朝臣（一一〇四年～一一七七年）は、六条家・藤原顕輔（七十九番の作者）の子。六条家とは、京都六条烏丸《からすまる》に住んだ藤原顕季を祖とする和歌の家柄で、多くの優れた歌人を出した。清輔もまた俊成と並ぶ歌学者で、『袋草紙《ふくろぞうし》』などの歌学書がある。父が撰者となった『詞花集』に歌が採られないなど、父との不仲が伝わっている。さまざまな鬱屈があったことと想像されるが、この作者は、時は移ろいゆくものとしてとらえており、歌には突き抜けた見晴らしのよさがある。

このような述懐が生まれるのは、人生のどんな時期だろう。この歌は『新古今集』のほか、家集の『清輔集』にも見えるが、『清輔集』にある詞書をめぐって、歌の制作年には諸説があり、清輔三十前後の作品とする説がある一方で、六十前後の晩年説を言う人もいる。

85 よもすがら物思ふころは明けやらぬ閨《ねや》のひまさへつれなかりけり

俊恵法師《しゆんゑほふし》

出典　『千載集』恋

あのひとが訪れてくれるかと
一晩中物思いにふけっておりますと
寝室の戸も
薄情に思えてきます
そのすきまから
いつになったら
朝の光が届くのか
明けない夜の
闇の長さよ

俊恵法師《しゅんえほうし》が通ってくる男を待つ「女」の立場になって詠んでいる。家集である『林《りん》葉《よう》集』にある詞書から、歌合で詠んだ恋の歌だということがわかっている。物思いにどんな素材を重ねあわせるかで恋の歌は七変化する。俊恵が持ってきたのは、「閨《ねや》のひま」。新鮮なところに目をつけたものである。「閨」は寝室、「ひま」は隙間のこと。朝が来れば、寝室の隙間から、神々しい朝の光が漏れてくるはずだった。しかし夜はなかなか明けない。待ち続けた女にとって、朝が来るということは、男がついに訪れなかった現実を認めるしかない残酷な時でもあるわけだが、この歌ではまだ、そこにすら至っておらず、待ち続ける時間のなかで、出口を求めて嘆いている。どうせ眠れないのだから、いっそのこと、早く明けてくれればいいと、朝が来ることを待ち望んでいるのだ。

男を待ち、朝を待ち、どこもかしこも「待つ人生」。恋は「待つ」ことで熟成するとはいえ、じりじりと進む夜の遅さに、「待つ」という行為にもうこれ以上耐えられないという女の心が映っている。

俊恵法師（一一一三年～没年未詳）は、源俊頼（七十四番の作者）の子。祖父は、源経信（七十一番の作者）。鴨長明《かものちょうめい》は弟子だった。東大寺の僧となった後、京都・白川に「歌林苑」と呼ばれた房を開き、寂蓮法師《じゃくれん》（八十七番の作者）、道因法師（八十二番の作者）ら、多くの歌人が集った。

86

嘆《なげ》けとて月やは物を思はするかこち顔《がほ》なるわが涙かな

西行法師《さいぎやうほふし》
出典『千載集』恋

嘆けと月は言ったかい？（いいや）
わたしの物思いは月のせいかい？（いいや）
けれど
何もかもを月のせいにして
わが涙は　流れ落ちる
そうさ、それでいい
月が悪い

嘆けといって月はわたしに物思いをさせるのか、いやそうではない。「やは」は反語の係助詞。そうではないとわかっているが、涙はすべてを月のせいにして流れるという。「かこち顔なり」という一つづきで形容動詞。なにものかに「かこつ」（本来無関係のものを無理矢理に結びつける）ところから来ている。月はひとに物思いをさせるものだという前提がここにはある。

『千載集』詞書に、「月前恋《つきのまへのこひ》といへる心をよめる」とある。恋する人は、それだけで十分に心が鋭敏になっている。月を見ても、とたんに心が揺れ、わけもなく涙が流れ出るものかもしれない。このわたしに涙を流させた、本来の遠因は、確かに「恋ごころ」といえるが、月にまったく罪がないともいえず、月の光の静かな神秘が、恋する人の心をとかし、泣かせたことにも間違いはないだろう。「恋」にいっさい触れず、「月が美しかったから」と言い訳をしているさまこそが、恋をしていることを暴露している。だからこの「かこち顔なるわが涙」は、観客全員が虚構と知って読む「演出」である。我が涙をこのように演出し、背後から自分をやや自虐的に客観的に眺めている目を感じるが、そのように複雑な操作を意識させない、技巧の自然さは天性の詩人ならでは。

西行法師《さいぎょうほうし》（一一一八年～一一九〇年）は、俗名・佐藤義清《さとうのりきよ》。二十三歳で出家後は円位《えんい》あるいは西行と号して諸国をめぐった。出家の理由として高貴な女人へのかなわぬ恋などがあげられているが、詳細不明。多くの逸話がある。自然と自己が対峙する独自の歌を残した歌人。

87

村雨《むらさめ》の露もまだひぬ槙《まき》の葉に霧たちのぼる秋の夕暮

寂蓮法師《じゃくれんほふし》

出典『新古今集』秋

むらさめが
通りすぎていったあと
槙の葉のうえに
まだ
滴が 光っている
あたりには 霧がたちこめて
いちめん
秋の夕暮である

村雨とはにわか雨のようなもの。急に烈しく降り、さっとあがる。こういう雨は余韻を残す。この歌でも、心がまだ雨につながっている状態で、そこから詩が動き出した気配がみえる。

「露もまだひぬ」の「ひぬ」とは「干る」という動詞に、打ち消しの助動詞「ず」の連体形「ぬ」がついたもの。雨の滴もまだ乾いていないということを意味する。槙の葉っぱは濡れている。気づくとあたりに霧がたちこめている。

夕暮れどき、薄い闇が降りてきて、大気の温度が下がり、霧が発生したのだろう。風景は、夕方の薄暗さと霧とでかなりぼんやりとしている。色彩はなく、すべてが墨の濃淡で描き分けられたような世界が広がっている。霊気と言い換えてもよいような冷気が感じられる。さびしさが「霧」という身体を得て、もやもやとあたりにたちこめながら、次第にゆっくりと移動していく。その霧を引き止めるように、体言止めで終わっていることも深い余韻を作っている。

寂蓮法師（一一三九年頃～一二〇二年）は、俗名藤原定長《さだなが》。俊成の弟阿闍梨俊海《あじゃりしゅんかい》の子で、俊成の養子となった。ゆえに定家の義理の兄ということになる。『新古今集』撰者に任命されながら、完成前に没した。三十代半ばで出家し、亡くなるまでのおよそ三十年ほど、各地を行脚した。「三夕の歌」の作者の一人（七十番の項参照）。

88

難波《なには》江《え》の蘆《あし》のかりねのひとよゆゑみをつくしてや恋ひわたるべき

皇嘉門院別当《くわうかもんゐんのべつたう》

出典『千載集』恋

難波の入江に生えている
蘆の刈り根の一節《ひとよ》のように
一夜かぎりの逢瀬だったのです
なのに
澪標《みおつくし》――この身を尽くし
この先もずっと
恋焦がれることになるのでしょうか
あなたに

蘆の「刈り根」と「仮寝」、「一夜」と蘆の「一節《ひとよ》」、難波江にある「澪標」（船の水路を示す杭）と「身を尽くし」というように、いくつもの掛詞が駆使されている。

「恋ひわたる」という言葉が美しい。わたるとは、広い範囲に及ぶこと、ある一定の範囲に、広がるさまを言い、「恋ひわたる」は、長く恋い慕い続けていくということ。『千載集』詞書にいう「旅宿に逢ふ恋」の題詠である。旅の宿での一夜限りの恋、そのはずだったが、どうやら本気の恋になりそうで、この先も、辛くなるとわかっていて、それでも相手にずっと恋をし続けることになりそうだと思っている。「みをつくしてや」の「や」は疑問の係助詞。自問自答しているところに悩みの深さが窺われる。難波江近辺には、遊女がいたことから、遊女の立場で詠んだ歌ではないかという説も。

恋の恍惚《こうこつ》には、おそれや不安も当然伴う。揺れるこころを水辺の風景は、実によく映しだす。この恋の運命を「澪標」が示してくれるというのか。そこに「身を尽くす」という意味がかぶさってくると、これはもう恋し抜くほか、進む先はないとわかる。

皇嘉門院別当《こうかもんいんのべっとう》（生没年未詳）は、源俊隆《としたか》の女。崇徳天皇の皇后聖子《せいし》に仕えた女房の一人。

89

玉《たま》の緒《を》よ絶えなば絶えねながらへば忍《しの》ぶることの弱りもぞする

式子内親王《しょくしないしんわう》

出典『新古今集』恋

玉を貫く緒よ　わが、いのちの流れよ
切れるのなら
いっそいま　切れてしまえ
この先　長く生きたとして
わたしには　まるで自信がないのです
忍ぶ力が　弱まりはしないか
秘めたこの恋が
露呈してしまうのではないかと

長く生きれば恋が露呈してしまうかもしれないから、いっそ我が命よ、いまを盛りに、絶えてしまえという。激流のような恋歌である。

玉は同音の魂に転じて「命」そのものを表すが、それを繋ぐのが「玉の緒」で、魂を繋ぎとめることから、命が続くことを意味する。ここでは文字通り、玉（宝玉）を通している「紐《ひも》」をイメージして読んでみたい。その紐が消耗して弱まると、玉は紐から離れ、ばらばらになる。外れた玉の不安定な動きや、落下しころがる音まで聞こえてきそうではないか。ちなみに「玉の緒の」というと、「長し」「短し」「乱る」「継ぐ」などにかかる枕詞でもある。みな玉を繋ぎとめている「緒」に関連した言葉だ。

改めて歌い出しを眺めてみよう。上二句（玉の緒よ／絶えなば絶えね）で意味がいったん切れる。断崖から飛び降りるような調子があっておののくが、我が命に絶えてしまえと命令することはすなわち、自ら死を選ぶこと。しかしここでは、「死んでしまいたい」と主観的に歌わず、自分の命を、まるで自分とは別のところにあるもののようにとらえ、「絶えよ」と自分自身に命令している。

「ながらへば」以降の下三句を眺めてみよう。上二句の怖ろしい調子から一転して、不安や心細さ、弱さが全面に現れ出る。「忍ぶることの弱りもぞする」とは「忍ぶ心が弱まってしまうと困る」という意味だが、「も」と「ぞ」はともに係助詞。連語として使われ、「将来起こりうる事態を予測して、それに対する気持ちを表わす。普通、悪い事態を予測して、あやぶんだり心配したりする気持ちを表わす。……するとたいへんだ。……するといけない。……すると困る」（『例解古語辞典』三省堂・初版）。激しい強さの裏側に、震える弱さを垣間見《かいまみ》たとき、読み手の心は、ぐらりとゆれる。

式子内親王（一一四九年〜一二〇一年）は、後白河天皇の第三皇女。賀茂斎院《かものさいいん》として、一一五九年より十年間、賀茂神社に奉仕。後に出家した。藤原俊成に師事し、俊成の子、定家とも深い交流があった。

90

見せばやな雄島《をじま》のあまの袖《そで》だにも濡《ぬ》れにぞ濡《ぬ》れし色はかはらず

殷富門院大輔《いんぷもんゐんのたいふ》

出典　『千載集』　恋

お見せしたいのです
あなたに
海の水で濡れっぱなしの
雄島《おじま》の漁夫の袖だって

ここまでは変わらないでしょう
わたしの袖は
濡れただけじゃない
涙で　ほら
色まで変わってしまったの

見せたいものだよという、思い切った歌い出しに誘い込まれる。「ばや」は願望を表す終助詞。「な」は詠嘆の終助詞。勢いのある初句切《しょくぎ》れである。詩歌では、こうした「切れ」を意識すると、言葉にいきなり血が通い、歌が立体的になって、俄然、沸き立つ。園芸で、剪定《せんてい》したあと、葉っぱや芽が勢いよく吹き出すのと感覚的にはよく似ている。

「あま」は海人・海士・海女などと書き、漁師・漁夫のこと。男女ともに用いられる。後掲の本歌に合わせるなら、この歌でも、海で働く男の漁師の袖ととることができる。その袖だって、色までは変わらない、それに比べて、わたしの袖は濡れるだけではなく色まで変わってしまったという。紅涙《こうるい》（血の涙）によって色が変わったととる解釈、単に色あせたととる解釈があり、通説は漢詩文からの影響を見て、紅涙ととる。だが、現代のわたしたちが読むとき、血の涙というのは、色彩的にもいささか限定的で大仰な感じがあるのも否めない。

「あまの袖」と、恋に悩む「わたしの袖」とが、ここでは比較されている。同じ濡れるのでも、両者は違うという。確かにそうでしょう。濡れる原因となった液体の成分が違うのですから。前者は海水、後者は涙。塩分があるのは両者一緒だが、質的にはまったく違う。

実はこの歌、歌合で恋の歌というテーマのもとに詠まれ、源重之（四十八番の作者）の作った、「松島や雄島の磯にあさりせしあまの袖こそかくはぬれしか」（いつか見た、松島の雄島の磯で漁をする漁師の袖も、わたしの袖のように濡れていたなあ）を本歌として、それに返歌するようなかたちで提出された。本歌においては、ただ、濡れているということだけが問題にされたが、対する返歌（見せばやな〜）では、濡れ方の質が問われることとなり、歌に深みが加わった。

殷富門院大輔《いんぷもんいんのたいふ》（一一三一年頃〜一二〇〇年頃）は、藤原信成《のぶなり》の女。後白河天皇第一皇女亮子《りょうし》内親王（殷富門院）に女房として仕えた。

91

きりぎりす鳴くや霜夜《しもよ》のさむしろに衣片敷《ころもかたし》きひとりかも寝《ね》む

後京極摂政前太政大臣《ごきやうごくせつしやうさきのだいじやうだいじん》

出典『新古今集』秋

こおろぎが鳴いている
ああ　鳴いている
霜の降りた夜
さむしろに
衣の片袖だけを敷き
おれ　ねむる
独りの夜

きりぎりすは今でいうこおろぎのこと。霜が降りるほどの寒い晩秋の夜。独り寝の寂しさが、虫の声によってなぐさめられるようでもあるし、一層、増すようでもある。夜が深まるのと同時に孤独も深まっていく。さむしろの「さ」は接頭語。「寒し」

との掛詞になっており、「さむしろ」を中心にその前後では、さ行が響き、音から薄ら寒さが伝わってくる。どこからともなく、冷たい隙間風がすうすう入ってくるようだ。

しかしこのような孤独を心底嫌悪していたら、歌などには詠まなかったかもしれない。虫の声に囲まれ、一人ここに在る「我」を、しっかりだきとめている「我」がいる。わたしたちがこのような歌を好むのは、孤独の底の底には、次なる生の飛躍が隠れていると知っているからではないだろうか。たとえ今は一人でも、恋は孤独が引き寄せるものである。そのように、寂しさがどこかで艶かしさに転じる予感のようなものをこの歌は含んでいる。

昔は男女が互いの着物を敷き交わして共寝した。ここでは自分の衣の片袖を下に敷き、独り寝をしている。それが「衣片敷」。

「さむしろに衣かたしき今宵もやわれを待つらむ宇治の橋姫」（『古今集』）、「あしびきの山鳥の尾のしだり尾のながながし夜をひとりかも寝む（『百人一首』三番）を本歌取りしたものと考えられている。

後京極《ごきようごく》摂政前太政大臣、藤原良経《よしつね》（一一六九年〜一二〇六年）は、法性寺入道藤原忠通（七十六番の作者）の孫。関白九条兼実の子。和歌のほか、漢詩や書にも優れ、書の後京極流は、良経が祖となって開いたもの。和歌については俊成に師事した。

92

わが袖《そで》は潮干《しおひ》に見えぬ沖《おき》の石の人こそ知らね乾《かわ》く間もなし

二条院讃岐《にでうゐんのさぬき》

出典　『千載集』恋

わたしの袖は　沖の石
引き潮のときでさえ
海の底ふかくもぐって
誰の目にも止まらぬ　沖の石
ずっと涙で濡れ続け
乾く間もない　沖の石
人には　容易に気づかれることもない

「石に寄する恋」という面白いテーマで詠んだものである。讃岐が選んだのは、潮干《しおひ》（引き潮）のときも見えない沖の石。

石は魅力的な素材である。存在そのものを凝縮したような、愛想のない即物性。加えてその抽象性において、極めてモダンな印象をあたえる素材でもある。沖の石とは、沖のほうの海底に眠る石であり、引き潮のときでさえ、ずっと海の水をかぶったまま誰に知られることもない。「人こそ知らね」の「人」は、一般的な意味でも「人」と読めるが、恋の相手である一個人を重ねてみることもできるだろう。恋心の辛さは他の人にはわからない。孤独が「海の石」を自然、引き寄せたのだと思う。

石が不動のものであるのに対し、袖に象徴される、恋する女の思いは揺れ動くもの。石と袖のあいだには、やや距離を感じるが、「乾く間がない」という現象をもって、作者は二つを強引に繋ぎあわせた。この歌の寂しさには塩気がある。

二条院讃岐《にじょういんのさぬき》（一一四一年頃～一二一七年頃）は、源三位頼政《げんざんみよりまさ》の女。二条天皇に仕えたが、その後の経歴については諸説がある。

93

世の中は常にもがもな渚漕《なぎさこ》ぐあまの小舟《をぶね》の綱手《つなで》かなしも

鎌倉右大臣《かまくらのうだいじん》

出典『新勅撰集』羇旅

世の中は
常に変わらず
平安であってほしいものだよ
波打ち際を漕ぐ　漁夫の小舟の
綱手をひくさまがここからみえる
その動きが
今日はことのほか、こころにしみる

初句、二句の「世の中は常にもがもな」の意味がとりにくい。「もがも」は、～があったらなあという願望を表す終助詞。それに詠嘆の終助詞「な」がついたもの。『万葉集』にある「河の上《へ》のゆつ岩群《いはむら》に草生《くさむ》さず常《つね》にもがもな常処女《とこをとめ》にて」を本歌としている。川のほとりの岩群に草が生えず清らかなように、何時《いつ》までも変わることなくあってほしいものだ、永遠の乙女のままでという意味で、「常にもがもな」とは、平常であってほしいなあという願望を表している。

もう一つの本歌として、『古今集』にある「陸奥はいづくはあれど塩釜の浦漕ぐ舟の綱手かなしも」。作者は鎌倉の海辺で、舟と漁師たちの働きを孤独な目に収め、深い無常を覚えたのだろう。本歌をよりどころにしながらも、歌のなかには確かな実感が動いていると感じられる。

綱手は舟の先につける引綱で、それを引いて、舟を岸に引き上げる。海辺では、とりたてて珍しくもない光景だと思われるが、そうした毎日の営みによって、暮らしは営まれていく。そのことに改めて感慨を深め、心が動いたのだろう。綱手そのものというより、おそらく綱手のうごきに哀しみを覚えた。こういうことは確かにある。習慣に近い行為ほど、改めてその動きなり意味を捉え直したとき、人間の生の実体が、底のほうから意味をたちあげ、平穏無事の奇跡に気づく。

鎌倉右大臣源実朝《さねとも》（一一九二年〜一二一九年）は源頼朝《よりとも》の次男。母は北条政子《ほうじょうまさこ》。鎌倉幕府三代将軍。右大臣昇任を祝う八幡宮拝賀の夜、鶴岡《つるがおか》八幡宮で兄・頼家《よりいえ》の子、公暁《くぎょう》に暗殺され、三十年に満たない生涯を閉じた。和歌は定家に師事、家集に『金槐《きんかい》和歌集』。

94 み吉野《よしの》の山の秋風小夜《さよ》ふけてふるさと寒く衣《ころも》うつなり

参議《さんぎ》雅経《まさつね》

出典 『新古今集』 秋

吉野の山から秋風が吹き
夜も更けると
ここ古里は
底冷えがして
あちらでも
こちらでも
衣打つ音

『新古今集』に、「擣衣《とうい》の心を」とある。擣衣とは砧《きぬた》を打つこと。当時は固い布地を柔らかくして光沢を出すために、石や木で作られた台に布地を置き、木の槌《つち》でたたいた。元は台のことを砧といったらしいが、その行為そのものを「砧」とか「砧打ち」というとも辞書にはある。吉野の古里の秋。あちらの家でもこちらの家でも、おそらく夜なべ仕事として、女性がとんとんと布を打っていたのだろう。どんな音だろう。想像してみよう。布を叩くのだから、金属的な尖った音ではなく、こもったような柔らかさのある音だろう。そして家の外では、山から吹き降りてくる風が、ひゅるひゅると寒々しい音をたてている。砧打ちは、まだまだ続くようだし、夜も一層深まるようだ。気温も夜が更けるとともにさらに下がるだろう。そして季節は冬へと向かう。すべて、下降していく気配に満ちた歌だが、全体の印象には軽やかなものもある。重みに穴をうがつように、とぉん、とぉんと音が響くからだ。そこには明るい無常感のようなものも漂っている。

『古今集』にある「み吉野の山の白雪つもるらしふるさと寒くなりまさるなり」を本歌としており、比べてみると面白い。本歌のほうは無音の世界、寒さも一色で、動きのない絵画的な風景が詠まれている。本歌取りは、本歌をそのまま平行移動させるのではなく、本歌とは違う要素を付け加えることで、元歌をバージョンアップし、新たな命を吹き込むことだった。
参議雅経、藤原雅経（一一七〇年〜一二二一年）は、従四位下《じゅしいのげ》刑部卿《ぎょうぶきょう》頼経《よりつね》の子。和歌を俊成に師事。『新古今集』の撰者の一人。和歌と蹴鞠《けまり》の家、飛鳥井《あすかい》家の祖。

95
おほけなくうき世《よ》の民《たみ》におほふかなわがたつ杣《そま》に墨染《すみぞめ》の袖《そで》

前大僧正《さきのだいそうじやう》 慈円《じゑん》
出典 『千載集』雑

身分もわきまえず
おそれおおい とわかっているが
住みはじめたばかりの比叡山
わが墨染めの僧衣を
憂き世に暮らす人々に覆いかけたい
幸いを願って

天台宗の僧侶として、宗教的感慨を述べたこの歌は、僧侶としての決意を謙虚に詠ったものだ。若いころの作品らしく、控えめな物言いながら、迷いのないすっきりとした歌いぶり。大僧正とは僧位の最高位。慈円は、天台宗の総本山、比叡山延暦寺《えんりやくじ》の貫主いわゆる天台座主《ざす》を、四度務めたといわれている。

気になる言葉、よくわからない言葉を先にチェックしておくと、「おほけなく」は形容詞「おほけなし」の連用形で、身分不相応、身の程をわきまえない、もったいない、おそれおおい、などの意味。「わがたつ杣」というのもわかりにくいが、杣は、植林して木を切り出す山のことで、杣山の略。ここでは比叡山をさす。天台宗を開いた伝教大師最澄《でんぎようだいしさいちよう》の歌が踏まえられており、そこに「わがたつ杣」という言葉がそのまま出てくる。墨染めを、住み初め（住み始めたばかり）との掛詞ととる解釈がある。墨染めの僧衣で人々を覆い、ご加護がありますようにと、世の平安を祈るという、澄み切った純粋な決心が詠われている。

感情移入はしにくい歌だが、わたしがかろうじて繋がれるのは、「墨」の一語だ。「墨染」とは墨汁で黒く染めること。この言葉だけで僧衣あるいは喪服をさす場合もある。翻る僧衣の裳裾《もすそ》。そこからたちのぼる墨の香り。濁世のほこりがはらわれるような、澄み切った匂いである。壮大で、重みがあるのにさわやかである。こういう異質な歌もアンソロジーには欠かせない。

前大僧正慈円《だいそうじょうじえん》（一一五五年〜一二二五年）は、関白藤原忠通（七十六番の作者）の子。摂政関白九条兼実の弟。十三歳で出家。史論書『愚管抄《ぐかんしょう》』を著した。

96

花さそふ嵐《あらし》の庭の雪ならでふりゆくものはわが身《み》なりけり

入道前 太政大臣《にふだうさきのだいじやうだいじん》

出典『新勅撰集』雑

春の嵐は　花を誘い
花をまきあげ　吹き荒れる
ああ　花吹雪
雪のようじゃないか
いや　違う

あれは雪なんかじゃない
ふるといえば　古びていくもの
古びていくもの　といったら
それは　わたしの身だ

『新勅撰集』詞書に、「落花を詠みはべりける」とある。「花さそふ嵐の庭」とは見事な出だしで、頭のなかを花の嵐が一瞬に舞う。「雪ならで」の「で」が打ち消しの接続助詞。「降る」と「古る」とが掛けられている。

草木燃え初むる春であっても、嵐の春は不穏である。雪のようだと一瞬、詩的な錯覚を楽しんだこの「わたし」は、それを即座に否定して、一気に現実に覚めたようだ。それが「ふりゆくものは　わが身なりけり」という認識である。花吹雪のなかにたちすくむ、一人の白髪の老人が見えてくる。決まり過ぎかとも思うのだが、壮絶にして艶かしい。自分がどう見えるかを十二分に知っていた人の歌。だからこそ絵になる。老いの色気もある。

入道前太政大臣、藤原公経《きんつね》（一一七一年〜一二四四年）は、内大臣実宗《さねむね》の子。姉が定家と結婚し、定家の義弟となる。妻は、源頼朝の妹婿《むこ》・一条能保《いちじょうよしやす》の女。承久《じょうきゅう》の乱では幕府方に密通し、その後の権勢を得た。北山の別荘に西園寺《さいおんじ》を造り、これが家名（西園寺家）となったが、後に北山の別荘は足利義満《あしかがよしみつ》が譲り受け、義満はここに「鹿《ろく》苑寺《おんじ》」いわゆる金閣寺《きんかくじ》を造営した。

97 来《こ》ぬ人をまつほの浦《うら》の夕《ゆふ》なぎに焼《や》くや藻塩《もしほ》の身《み》もこがれつつ

権中納言定家《ごんちゅうなごんていか》

出典『新勅撰集』恋

来ぬ人を
待って焦がれる松帆《まつほ》の浦は
夕陽さす　凪《なぎ》である
浜には
藻塩を焼く匂いがたちこめている
焼け焦げるほどに

恋する　わが身

松帆の浦は淡路島の最北端にある歌枕。待つと松帆が掛詞。夕凪とあるから、海上は無風状態で、海辺には藻塩を焼く匂いが満ちている。藻塩とは、海藻に海水をかけて塩分を含ませ、乾かしたものを焼き、さらに水にとかして、上澄みを煮詰め、塩を採取する方法。どんな匂いが立ちこめていたか。想像するしかないが、独特の苦みがある、しかし決して悪臭とはいえない、情緒を刺激される匂いだったろう。眼前には夕凪の美しい光景が広がっている。そこに人を待つ、じりじりとした焦りが重ねられ、複雑で情感の深い一首に仕上がっている。『万葉集』にある長歌「名寸隅《なきすみ》の　船瀬《ふなせ》ゆ見ゆる　淡路島　松帆《まつほ》の浦に　朝凪《あさなぎ》に　玉藻刈りつつ　夕凪に　藻塩《もしほ》焼きつつ　海《あま》少女《をとめ》　ありとは聞けど　見に行かむ　縁《よし》の無ければ　大夫《ますらを》の　情《こころ》は無しに……」を本歌としている。本歌は男が女を恋う歌だったが、定家は女の身になり代わって、この歌を詠んだ。

権中納言定家、藤原定家（一一六二年〜一二四一年）は、俊成の子。父について和歌を学び、精進を重ねた。日記『明月記《めいげつき》』。『新古今集』撰者の一人。『百人一首』の撰者とされてきたが、現在は疑問視されている（中川博夫・田渕句美子・渡邉裕美子編『百人一首の現在』)。

98　風そよぐならの小川《をがは》の夕暮《ゆふぐれ》はみそぎぞ夏のしるしなりける

従二位《じゆにゐ》家隆《いへたか》

出典『新勅撰集』夏

楢《なら》の葉を　風が揺らしている
ここ御手洗《みたらし》川の夕暮れは
ふと　秋が来たかと錯覚させる
けれど川原では
六月のみそぎが行われていて
あれこそは　夏のしるし
まだそこにだけ
夏が残っている

ならの小川とは、奈良の小川ではなく、岸辺に楢の木の生えている小川。京都市の上賀茂神社の境内を流れる御手洗川《みたらしがわ》のことをいう。みそぎとは、川の水で身を清めることで、ここでは六月祓《みなづきばらえ》のこと。夏越《なごし》の祓《はら》えともいう。毎年、陰暦六月晦日《みそか》（三十日）に行われ、半年間のけがれを清めた。陰暦では六月までは夏であり、翌七月からは秋へ入る。

上三句からは、風のそよぐ楢の木の葉ずれの音が聞こえる。早くも秋が来たかのような実感を覚えながら、目を転じて小川を見る。すると、「みそぎ」をやっていて、そこだけ見れば、確かにまだぎりぎり夏なのである。見えている風物と暦の慣習、そして人の感覚の間にはずれがあり、その段差にこそ詩の感興は広がる。多くの場合、人の感覚のほうが季節を先取りしている。この歌には、まさに変化しつつある季節の間《ま》が写し取られている。

『新勅撰集』の詞書には「寛喜元年女御入内屏風《かんきがんねんにようごじゆだいのびようぶ》」とある。前関白藤原道家《みちいえ》の女、竴子《しゆんし》が、後堀河《ごほりかわ》天皇のもとへ入内したときの屏風歌として詠まれ、夏の風物詩である「六月祓」を描いた屏風に添えられた。

なお、本歌として、「みそぎするならの小川の川風に祈りぞわたる下に絶えじと」

（『古今六帖《こきんろくじよう》』・『新古今集』）と、「夏山のならの葉そよぐ夕暮れはことしも秋の心地こそすれ」（『後拾遺集』）とが考えられている。

従二位家隆《いえたか》、藤原家隆（一一五八年〜一二三七年）は権中納言藤原光隆《みつたか》の子。『新古今集』の撰者の一人。俊成に和歌を学んで、定家とともに新風を開拓した。

99 人もをし人もうらめしあぢきなく世《よ》を思ふゆゑに物思《ものおも》ふ身《み》は

後鳥羽院《ごとばゐん》

出典『続後撰集《しよくごせんしゆう》』雑

あるとき人は　いとおしく
あるとき人は　うとましい
からみあう　人のきもち
この世は　苦々しいことばかりだ
物思いを積み重ねるばかりのわたしです

後鳥羽院《ごとばいん》は、一二一二年の十二月、定家や家隆、秀能《ひでよし／ひでとう》など四人に、それぞれ二十首ずつを作らせ、自身による二十首を加えて「五人百首」を制作した。そのなかで、「述懐」のテーマで詠んだうちの一首がこれ。現代人にも通じる感慨が書き留められている。「をし」には「愛し」や「惜し」があてられている。いとおしい、失うにしのびない、という意味。「うらめし」は恨みに思うということ。初句と二句の出だしは、音韻的に面白い。一方、「あぢきなく」は、面白くないとか苦々しいという意味の言葉で「思ふ」にかかる。倒置法が使われているので、順に直せば、「あぢきなく世を思ふゆゑに物思う身は人もをし人もうらめし」ということになる。この「人」については解釈が分かれるようだが、いとおしい人もいれば、うとましい人もいるとすると、ある意味では非常に当たり前のことになる。あるときにはいとおしく思った同じ人を、恨めしく思うこともあると考えてみると、人間のこころの複雑さが浮き彫りにされ、陰影が出てくる。同時に、何事も定めることのできない、憂き世の万象すべてが、はかなく思えてくる。

後鳥羽院（一一八〇年～一二三九年）は、第八十二代の天皇。譲位後に上皇として院政を執行。倒幕を狙った承久の乱後、鎌倉幕府に敗れ、隠岐に流され、その地で没した。この歌は、承久の乱の九年前に詠まれたとされている。すでに幕府方との対立が顕著になってきたころで、治世者としての深い憂いや苦悩、諦念なども、読もうと思う者には感じられるだろう。『新古今集』の撰集を下命した。

100

ももしきや古《ふる》き軒端《のきば》のしのぶにもなほあまりある昔《むかし》なりけり

順徳院《じゅんとくゐん》

出典 『続後撰集』 雑

宮中の
古い軒端の
忍草
わたしがひそかに偲《しの》ぶのは
むかし栄えた大宮だ
いまは廃れ 荒れ果てて

生え栄えるのは草ばかりだけれど

『百人一首』の最後を飾るのは、これも天皇の述懐の歌。『百人一首』が、親子の天皇で始まり、終わるということを、今一度、確認しておきたい。

『百人一首』の前身と見られるものに、定家が撰んだ『百人秀歌』があるが、末尾の部分が大きく異なり、とりわけ後者に後鳥羽院と順徳院《じゅんとくいん》の歌が見られないことは、大きな相違となっている。承久の乱が引き起こした影響であることは確かだが、『百人一首』がどのような過程を経て、今のかたちになったのかについては説が分かれている。ただ、この二人の歌以外に『百人一首』を収めきる歌があるだろうか。いずれも、王朝文化の終焉《しゅうえん》を告げる悲しみの濃い歌である。

さて、この一首。「ももしき」は元来、大宮にかかる枕詞だったが、転じて内裏や宮中の意味に。「忍草」と「偲ぶ」がかけられている。忍草とはシダ類の一種で、古い軒端などのほか、樹木の幹や石などにも寄生する。つまり、土のないところにもぼうぼうと育つことから、忍耐力の強い草、忍草という名前が付けられたらしい。いかにも繁殖力が強そうで、荒々しさを見せつけられる。のきしのぶという別名もある。いかにもはびこる忍草と対照的なのは、朝廷の衰退ぶりだ。「なほあまりある」という言い方に、順徳院の思いがあふれている。昔の栄華を思うと、やるせない気持ちが抑えきれない、思いがあふれてやまない、偲んでも偲びきれない。

一二一六年に詠作された「二百首和歌」のなかの一首という。鎌倉には源頼朝が開いた幕府が成立していたが、頼朝急死のあと、北条家が擡頭《たいとう》、そのあとを継いだ頼家が暗殺され、一二一九年には実朝も公暁に暗殺されることになる。不穏な政局のなか、貴族らの朝廷と武家社会の間で緊張関係が形成されつつあった。この歌は、一二二一年の承久の乱より五年ほど前に詠まれているが、すでに十分、敗者の陰影が感じられる。むかし栄えた大宮とは、天皇家がもっとも栄えた平安中期、醍醐天皇、村上天皇らの御代と考えられている。それぞれの元号で呼べば、「延喜《えんぎ》・天暦《てんりやく》の治《ち》」で、聖代として理想化する見方がある。

順徳院（一一九七年～一二四二年）は、九十九番の作者、後鳥羽院の第三皇子。第八十四代の天皇であった。父とともに倒幕を計画、承久の乱で幕府方に敗れた後、佐《さ》渡《ど》に流され、その地で没した。

全集版あとがき

新鮮な日本語の泥遊び

同じ詩でも、わたしが書いてきた現代の自由詩と和歌のあいだには深い川が流れている。わたしにとって、和歌の翻訳も読解も、最初は身のすくむような作業だった。意味がよく通らなかった歌も、背景を知り、多くの研究書から学ぶうちには、少しずつ身のうちに入ってきたのだったが、いくらやってもこれで十分ということはない。一千年という歳月のうちに、何が一首に降り積もったのか。掘っても掘っても底が見えない。わたしは今も、百の穴をもつ深遠な日本語の沼に、はまりこんでしまったような思いでいる。でもだからこそ、面白い。読者の皆様にも、ぜひこの沼に足を浸していただきたい。そうしてもがいて、なめられるほどの新鮮な日本語の泥を、生々しく手の内に摑んでいただきたい。

古語から現代語への詩の跳躍は、多少距離が短い程度で、異言語の翻訳と変わらない。元歌がある以上、一種の書き直しには違いないが、歌の意味を伝える装置でなく、現代語の「小さな詩」として読めることを目標にした。一口に詩といっても、詩の作品（poem）をいう場合と、一種の美的観念としての「詩」（poetry）をいう場合とがある。後者の「詩」は、言葉と言葉が関係しあって生まれる何かであり、言葉にはならない純粋な要素である。すべての詩作品は、この「詩」をめざしている。

古語から現代語に訳す場合にも、わたしは古《いにしえ》の歌人たちの視線を探り、同じものを見ようと試みた。同じ「詩」を見ているかどうかはわからないが、「詩」をめざそうとするその視線の方向性においては、少なくとも同じでなければならない。それは言葉だけの問題ではなくて、もっと原始的な肉体的作業であり、要は身体のリズムを歌人たちにあわせるということだった。そうすることで、外側から見下ろすように「鑑賞」するのでなく、歌の内側にもぐりこみ、彼らの肉眼に迫り、重なりながら、ものを見ることが可能ではないかと考えた。

韻律の縄を解き、言葉の身をほぐしてやったのだから、現代の詩は、自由になったはずなのだ。なのにその顔つきは、どこか不満気で、もう一度、縄をかけられたいと思っているように見える。だから逆に、そういうばらばらな言の葉を定型に整えた、歌人たちの手つきが改めて想像された。

　詩はどこにあるのか。和歌のなかにある。翻訳現代詩のなかにも。そうしてまさにそのはざまにも。和歌と現代詩とのあいだを往復することによって、「詩」の姿がいっそう明確になり、一首にこめられた「詩」のエネルギーが増幅されることを祈っている。

　今回、そこからさらに川を隔てて、鑑賞文も書いたわけだが、ここでも、わたしのしたことは、散文で「詩」を探ることだった。つまり、わたしは、原歌と現代詩と散文の三位一体で、同じ「詩」を目指そうとしたのであった。

　和歌には多くの仕掛けがある。それは読者と詠み手が暗黙の了解のもとに共有しているルールである。本書では、一首ごとの細かい文法や、序詞《じょことば》、縁語、掛詞、切れ、倒置法、擬人法など、細かい技法的解説を多くの歌で省いてある。さらに深く知りたい読者は、ぜひ和歌の仕組みから説いた本にあたっていただきたい。歌との距離が、さらに縮まることは間違いない。

　一千年前の歌人たちは、自然を歌に詠み、つれない恋の相手を恨みながら歌を詠んだ。多くは歌合《うたあわせ》などで競い合うための、意識的な作歌だった。しかしそれを作為と言い切れないのは、一首が「ほとばしり出た」と感じられる瞬間があるからである。この歌い出しに、和歌ほどエネルギーのこもった詩はないだろう。意識して目をこらすと、いつしか耳を澄ませるような態度で和歌に対している。言葉によって、身体の毛穴が開き、感受性が外界の自然へと大きく開かれる。その面白さ、その喜び。

恋歌でいえば、まだ逢ってもいない頃の恋から、初期の恋、だんだんと進んでいって、肉体関係ができた後の恋など、四季が移りゆくように恋もまた移ろいゆくものとしてとらえられ、さまざまな恋の表情が詠まれている。風景についても、古い時代のものほど、ぱっぱっとつまむように大胆に詠んでいて、ずいぶんと単純なことを大事に歌ったものだなあと胸打たれる。人間と自然とのあいだに、和歌があって、両者の関係を調整するように働いていた。そうして最後は自然のなかに、人の心が広がりとけこんだ。そこには言葉の作用があったように思う。いまだに複数の読解が存在する歌があるのも、歌がまだ揺れ動いていて、生きていることの証だろう。大事に読み継いでいきたいと思う。

最後に感謝を記したい。多くの本から恩恵をいただいた。主なものを次に掲げる。

参考文献

・有吉保『百人一首 全訳注』（講談社学術文庫）
・井上宗雄『百人一首を楽しくよむ』（笠間書院）
・島津忠夫『新版 百人一首』（角川ソフィア文庫）
・大岡信『百人一首』（講談社文庫）
・白洲正子『私の百人一首』（新潮文庫）
・三木幸信・中川浩文『小倉百人一首』（京都書房）
・鈴木日出男・山口慎一・依田泰『原色 小倉百人一首』（文英堂）
・吉海直人監修『百人一首大事典』（あかね書房）
・渡部泰明『和歌とは何か』（岩波新書）
・桜井満・宮腰賢編『全訳古語辞典』（旺文社）
・金田一春彦編者代表『新明解古語辞典』（三省堂）

文庫版あとがき

一首が背負う光と影

全集刊行から八年がたった。今も和歌を、わからないと言いながら、大事に読み続けている私である。現代の口語で自由詩を書いてきた私が、和歌に挑戦したことは、交通事故に等しい経験だった。歌は私などにぶつかられてもびくともしない。だが私のほうは、人生が曲がってしまった。

古の歌人たちは、なぜあれほど夢中になって歌を創り続けたのだろう。競い合い、遊び戯れ、そのくせ真剣に、人によっては歌論まで書いて。だが私もそうだ。私も子供の頃から「詩」を追いかけてきた。だからわかる。だから何度でも問いかけてみたくなる。問うことが即ち答えでもあるようなその問いを。

歌人たちはまた、創作だけでなく、他者の歌を熱心に読み込んだ。古においても、創ることと読むこと、そして選ぶこと、編むこともまた、歌をめぐる大事な創造だった。

日本の古典文学の森に迷い込むとき、歌は灯明のように行路を照らしてくれる。歌から歌へ、歌から物語へ。

和歌を読むとは、和歌を読み続けるということでもある。あわてることはない。まずは一首ずつゆっくり味わってみよう。やがてはその一首が枝葉を伸ばし、自然に別の一首、また別の一首へと繋がっていく。『百人一首』では時代順に歌が並ぶが、撰者はただ、並べたわけではないだろう。撰者の意図を類推しながら読むのも楽しいし、時には自分流に歌を組み合わせ、比べながら読んでみるのも面白い。

たとえば陽成院の「筑波嶺の峰より落つるみなの川恋ぞつもりて淵となりぬる」(十三番)と、崇徳院の「瀬を早み岩にせかるる滝川のわれても末に逢はむとぞ思ふ」(七十七番)。「淵」と「瀬」という対照的な言葉が出てくる。「淵」は水の流れが滞り、澱《よど》んで深くたまっている所、一方の「瀬」は川の流れが速く、浅い所。水の表情が全く違う。前者は落下する水、しかし後者にも滝川という言葉があって、どちらも下降する水のようである。作者はそれぞれの悲劇を背負った上皇たち。最初はただの恋歌と思った二首も、掘り進んでみると印象が変わる。いずれの歌にも、下降する昏い引力がたちこめている。

歌合でぶつかった歌といえば、平兼盛「忍ぶれど……」(四十番)と、壬生忠見「恋すてふ……」(四十一番)。結果、「忍ぶれど」が勝ったらしいけれども、伝わる理由は納得できるものではない。そういう理不尽さも、千年の時のなかを運ばれて来た。

母と娘、父と子、あるいは三代にわたる歌詠みの競作もある。『百人一首』中、一番重量感がある有名な父子は、藤原俊成・定家だろう。お父さん、俊成の歌(八十三番)には凄みがある。私は「道こそなけれ」という二句目を見ると、なんだか胸元に覚悟の銃剣を突きつけられたような気がしてぐっとくるのだ。子息のほうは、藻塩焼く匂いが漂う恋歌(九十七番)。よい歌と思うが、私にとっての定家のベストではない。

この人だったら、この作品のほうがいいのに——作品の選択に関するそういう物言いは、この世に流布するすべてのアンソロジーにつきもので、文句は愛情の変形である。

ちなみに歌人の塚本邦雄は、同じ人選、ほぼ違う歌(二首だけ同じ)で、百人一首を自分流に編み直した(『新撰　小倉百人一首』)。定家については、「藻塩」をはずし、「見渡せば花も紅葉も……」に入れ替えている。これは『小倉百人一首』の撰歌に対する激烈な批評で成る本だが、凡歌とこき下ろす憎しみに満ちた言説にも、この歌人の、歌への激情が垣間見え、それは愛でもあろうが澄みきっていて、つくづくと歌を選ぶということの怖ろしさに震える。選ぶこと即ち他の歌を切り捨てるということ。選ばれた百首たちは、栄誉の光とともに、深い影をも、まとっている。

さて『百人一首』も、巻のおしまいのほうに来ると、とくに九十番以降、大きな歌人の優れた歌が続く。後鳥羽院、順徳院の二首に至ると、貴族の時代の衰退、終焉が予感され、寂しくて大きな影が、ひさしのように百首全体を覆う。承久の乱が勃発するのはもう少しあとのこと。この二首をもって『百人一首』は静かに幕を閉じる。

近年、藤原定家が撰者だったという通説に、説得力ある疑義が呈され（中川博夫・田渕句美子・渡邉裕美子編『百人一首の現在』）、一読者として私も胸躍らせた。生者の情熱がゆさぶりをかけるとき、古典は何度でも命を吹き返す。死者たちからの応答である。

今回の文庫化に当たっては、表記の統一を含め、いくつかの加筆修正を行い、文献を補充した。全集版・文庫版で助けてくださった、校正者の方々には心からのお礼を申し上げたい。全集版では東條律子さんに、文庫版では岩﨑奈菜さんにお世話になりました。ありがとうございました。

二〇二三年八月

小池昌代

参考文献（補充）

・『新編　日本古典文学全集』（小学館）
・林巨樹・安藤千鶴子編『新全訳古語辞典』（大修館書店）
・鴨長明／久保田淳訳注『無名抄　現代語訳付き』（角川ソフィア文庫）
・新里博『小倉百人一首新注釈』（渋谷書言大学運営委員会）
・中川博夫・田渕句美子・渡邉裕美子編『百人一首の現在』（青簡舎）

解題

渡部泰明

『百人一首』は、『小倉百人一首』とも呼ばれ、百人の歌人から、それぞれ一首ずつ、百首を選んだ書物である。歌人は、天智天皇《てんじ》（六二六～六七一）から、順徳院《じゅんとくいん》（一一九七～一二四二）まで、およそ六百年にわたる範囲から選ばれており、それらが、だいたい没年順に並べられている。もっとも大半は平安時代の歌人なのだけれども。この『百人一首』には、さまざまな謎がある。いまだによくわからない事柄が少なくない。それらのうちいくつかを取り上げながら、この書物について説明してみよう。

『百人一首』は誰が、いつ選んだのか

『百人一首』は藤原定家《ふじわらのていか》（一一六二～一二四一）が選んだ秀歌撰《せん》だと、中世以来いわれてきた。ただし定家が選んだ『百人一首』の原本が残っているわけではないし、中世には、藤原定家の作品だと宣伝されながら実はそうではない、いわゆる定家仮託書

が数多く生み出されているから、定家撰で間違いない、と決めつけるわけにもいかない。

幸いなことに、定家の日記である『明月記』に、次の記事が残されている。文暦《ぶんりやく》二（一二三五）年五月二十七日のことである。もともとは漢文だが、読み下して示そう。

予、本《もと》より文字を書く事を知らず。嵯峨中院の障子《しようじ》の色紙形、故《ことさら》に予書くべき由、彼《か》の入道懇切なり。極めて見苦しき事と雖《いえど》も、愁《なまじ》いに筆を染め、之を送る。古来の人の歌各一首、天智天皇より家隆《いえたか》・雅経《まさつね》に及ぶ。

（私はそもそも文字の書き方もわからないくらい字が下手なのに、嵯峨中院の障子の色紙を書くよう、宇都宮頼綱《うつのみやよりつな》入道殿がしきりに依頼してきた。非常に見苦しいことではあるが、なんとか書いて送った。古来の人の歌をそれぞれ一首ずつで、天智天皇から藤原家隆・飛鳥井《あすかい》雅経に至る歌人たちである。）

「彼の入道」とあるのは、定家の息子為家《ためいえ》の妻の父、宇都宮頼綱（一一七八〜一二五九）、出家して蓮生《れんしよう》と名乗っていた人物である。彼は、関東武士の名門の出身だったが、出家後は京都で暮らし、その別荘が、嵯峨中院にあった。そこの障子（いまの襖《ふすま》）に貼る色紙に和歌を書いてくれ、と頼綱が定家に頼んだのである。色紙に歌を書いてくれと頼まれた、とあるだけであって、歌人や歌を選んでくれと頼まれた、とは言っていない。ただし、定家ほどの大歌人に揮毫《きごう》だけ依頼するとは考えられず、当然定家に選んでもらったうえで、ということが省略されているのだと考えられている。「百」という数字もどこにもないが、天智天皇に始まって、藤原家隆・飛鳥井雅経までの歌人から一首ずつ、という構成も、『百人一首』によく似ている。少なくとも、この日記の記述と『百人一首』が深く関係することはたしかだろう。長く定家撰とされてきた所以である。しかし、近年田渕句美子氏によって定家の作品ではないとする一連の研究が発表された。それに賛同する見解も続き、現在有力な説となりつつある。成立については、改めて考え直さざるをえない状況である。ちなみに、それら新しい研究の動向にも、本書の著者小池昌代氏は目配りしている。

『百人秀歌』とはどういう関係か

『百人秀歌』と題された、『百人一首』と非常によく似た書物がある。『百人秀歌』は全体が一〇一首から成っていて、『百人一首』と九十七首まで一致し、『百人一首』にはいない中宮定子《ちゅうぐうていし》・源国信《みなもとのくにざね》・藤原長方《ながかた》の三人が入り、逆に後鳥羽院《ごとばいん》・順徳院がいない。また、源俊頼《としより》はどちらにも見える歌人だが、歌が違っている。この『百人秀歌』が注目されるのは、十四世紀ごろに書写されたと思われる古写本が、定家の子孫であ

る冷泉《れいぜい》家に伝わっていることである。しかも、「京極黄門撰」と、定家が選んだこと

がはっきりと記されている。一方『百人一首』の方の最古の写本は、文安二（一四四

五）年に書写されたもの。『百人秀歌』の方が、ずっと素性が良く、こちらは藤原定

家の真作であるという意見が多い。

どういう歌人・和歌が選ばれているか

『百人一首』に選ばれた百名の歌人の顔ぶれを見ると、必ずしもこの範囲でのベスト百歌人ではないことに気づく。たとえば、平安時代に藤原公任《きんとう》が選んだ「三十六歌仙」という歌人は、みな自分の家集をもつほどの歌人である。ところが、『百人一首』の歌人の中には、家集が残らない者も少なくなく、それどころか、十三番の陽成院《ようぜいいん》など、『百人一首』に選ばれた歌一首しか知られていない歌人もいる。数首世に残っているのみの歌人も少なくない。逆に、どうしてこの人が入っていないのだろう、と不審に思う歌人を挙げると、源順《したごう》・斎宮女御《さいぐうのにょうご》・藤原長能《ながとう》・花山院《かざんいん》などきりがない。もちろんこれぞという歌人もしっかり採用されているから、主要歌人への配慮もあったには違いないが、それ以上に和歌に気を配って選んでいるのであろう。

では、どういう歌が採用されているのだろうか。基本的にはすべて勅撰《ちょくせん》和歌集に取

られている歌である。最初の『古今和歌集』から十番目の『続《しょく》後撰和歌集』まで、十の勅撰和歌集に収められている。ただし、『百人秀歌』には見られない後鳥羽院・順徳院の歌を含む『続後撰和歌集』は定家の死後、子の為家が撰者となったもの。『百人一首』定家撰説を疑う根拠となるが、定家が『新勅撰和歌集』に収めようとしてできなかった無念を、子息の為家が晴らした、という考え方もある。ともあれ、勅撰和歌集そのものが、優れた歌を集めたものなのだから、選《え》り抜きの歌ばかりだということになる。ところが、誰もが認めるその歌人の代表作、とは呼べない歌も少なくない。難点のない完璧な秀歌だと断言するのを、若干躊躇《ちゅうちょ》される歌もある。ではどういう歌かというと、悲恋や逆境の中など、特殊な状況で詠まれた歌を代表として、作者はその時どういう気持ちだっただろうと、その心が偲《しの》ばれる歌が目立つ。恋歌が半分近くを占めるという、少々バランスの悪い選び方をしているのも、心を重視する姿勢とつながっているかもしれない。

歌の言葉に寄り添う魅力

一方で、序詞《じょことば》や縁語・掛詞《かけことば》など、歌の技巧を尽くした歌も目立つ。けれども、技巧ばかりに走っているというわけではない。それらは、言葉が網の目のようにつながりながら、作者の心をつむぎ出しているかのように感じられる。どうやら撰者は、心と言葉の両面から、いかにもその作者らしさを感じさせる一首を選んでいるらしい。汲《く》めど尽きせぬ『百人一首』の魅力の源泉といえそうだ。だがそういう観点からの和歌の味わいを語ることは、けっして容易ではない。「心」の魅力はさておき、「言葉」そのものが発する輝きはなかなか言い表しにくい。その点、小池氏の批評は、さすが言葉を大事にする詩人だと思わせる言辞を随所に見せている。

本書の冒頭から、それは明らかである。天智天皇の歌、「秋の田のかりほの庵《いほ》のとまをあらみわがころもでは露にぬれつつ」について、著者はこのようにいう。「引力に従って滴り落ちた、露のうごきに寄り添うように、初句と二句では、「の」の音が重なり、滴《しずく》のように連なって、一首全体をすとんと下へ落としていく。」そのうえで、一首の詩情のありかを「本来、袖が濡れるのは小さな災難であるわけだが、そのようなかたちを通して、自然と「我」が通じ合ったことに、この歌はよろこびを見出しているようだ。」と評する。こういうところが言葉にできたら、と願うばかりだった急所を突いた、鋭い読みだ。

もう一つ。藤原良経《よしつね》の歌、「きりぎりす鳴くや霜夜《しもよ》のさむしろに衣片敷《ころもかたし》きひとりかも寝《ね》む」。音に注目して、こう述べる。

夜が深まるのと同時に孤独も深まっていく。さむしろの「さ」は接頭語。「寒し」との掛詞になっており、「さむしろ」を中心にその前後では、さ行が響き、音から薄ら寒さが伝わってくる。どこからともなく、冷たい隙間風がすうすう入ってくるようだ。

著者のすごみは、こうした言葉の音の発見から、人の心の深層を手繰《たぐ》り寄せていくところだ。

しかしこのような孤独を心底嫌悪していたら、歌などには詠まなかったかもしれない。虫の声に囲まれ、一人ここに在る「我」を、しっかりだきとめている「我」がいる。わたしたちがこのような歌を好むのは、孤独の底の底には、次なる生の飛躍が隠れていると知っているからではないだろうか。たとえ今は一人でも、恋は孤独が引き寄せるものである。そのように、寂しさがどこかで艶かしさに転じる予感のようなものをこの歌は含んでいる。

和歌と人間の心の機微に触れる、幾度も反芻したい文章といえよう。

小野小町《おののこまち》の名歌「花の色は移《うつ》りにけりないたづらにわが身世《みよ》にふるながめせし間《ま》に」にも、著者は見事に共振している。「よにふるながめ」の掛詞の連なりを的確に押さえつつ、「長雨に色褪《いろあ》せ散る桜の花を見ながら、恋にあけくれた若いころを述懐し、時の流れを嘆いていると読めるが、花の衰えに自分自身が重ねられていると読めるが、花の移ろい＝女の容色の衰えと考えるのはあまりに直線的で単純にも思われる。」と、しばしば行われる解釈に異をも唱える。それでいて、とても歌の言葉に即した読みだ。花が色褪せるのは春の間のこと。だが私がうかうかと過ごしてきた人生は、もっと長い時間だ。飛躍がある。そこでその距離を埋めようと、「花の色」は自分の容色だとする解が生まれたのだろう。花は自身の比喩だとより確かなものにするために。違うのだ。小町は、花を見ながら、時を越えて——正確には時間を広げて——ぐいと自分に引き寄せているのだ。小池氏の考えに心から賛意を表したい。続けて氏は、

まずは、目前の自然、雨に打たれる花への新鮮な驚きがあり、花が色褪せ無に帰っていくという、当たり前の営みに、季節のめぐりの無常を感じ、自分もまた、そのリズムのなかで生きる一人の女であることに感慨を深めたのだろう。

と解き明かす。これもまた、忘れがたい、説得力のある言葉である。

（わたなべ・やすあき／国文学者　和歌文学）

本書は、二〇一五年七月に小社から刊行された『口訳万葉集／百人一首／新々百人一首』（池澤夏樹＝個人編集　日本文学全集02）より、「百人一首」を収録しました。文庫化にあたり、一部加筆修正し、書き下ろしのあとがきと解題を加えました。

kawade bunko 古典新訳コレクション

百人一首《ひゃくにんいっしゅ》

二〇二三年一二月一〇日　初版印刷
二〇二三年一二月二〇日　初版発行

訳　者　小《こ》池《いけ》昌《まさ》代《よ》
発行者　小野寺優
発行所　株式会社河出書房新社
〒一五一－〇〇五一
東京都渋谷区千駄ヶ谷二－三二－二
電話〇三－三四〇四－八六一一（編集）
〇三－三四〇四－一二〇一（営業）
https://www.kawade.co.jp/

ロゴ・表紙デザイン　粟津潔
本文フォーマット　佐々木暁
本文組版　KAWADE DTP WORKS
印刷・製本　中央精版印刷株式会社

Printed in Japan　ISBN978-4-309-42023-3

河出文庫 古典新訳コレクション

＊以後続巻
＊内容は変更する場合もあります

ときめき百人一首

小池昌代　41689-2

詩人である著者が百首すべてに現代詩訳を付けた、画期的な百人一首入門書。作者の想いや背景を解説で紹介しながら、心で味わう百人一首を提案。苦手な和歌も、この本でぐっと身近になる！

あかねさす——新古今恋物語

加藤千恵　41249-8

恋する想いは、今も昔も変わらない——紫式部や在原業平のみやびな“恋うた”をもとに、千年の時を超えて、加藤千恵がつむぎだす、現代の二十二のせつない恋物語。書き下ろし＝編。ｍｉｗａさん推薦！

〈チョコレート語訳〉みだれ髪

俵万智　40655-8

短歌界の革命とまでいわれた与謝野晶子の『みだれ髪』刊行百年を記念して、俵万智によりチョコレート語訳として、乱倫という情熱的な恋をテーマに刊行され、大ベストセラーとなった同書の待望の文庫化。

サラダ記念日

俵万智　40249-9

〈「この味がいいね」と君が言ったから七月六日はサラダ記念日〉——日常の何げない一瞬を、新鮮な感覚と溢れる感性で綴った短歌集。生きることがうたうこと。従来の短歌のイメージを見事に一変させた傑作！

はじめての短歌

穂村弘　41482-9

短歌とビジネス文書の言葉は何が違う？　共感してもらうためには？「生きのびる」ためではなく、「生きる」ために。いい短歌はいつも社会の網の目の外にある。読んで納得！　穂村弘のやさしい短歌入門。

短歌の友人

穂村弘　41065-4

現代短歌はどこから来てどこへ行くのか？　短歌の「面白さ」を通じて世界の「面白さ」に突き当たる、酸欠世界のオデッセイ。著者初の歌論集。第十九回伊藤整文学賞受賞作。